나와 나!

〈MBTI〉 ''I''들이 쓰는 ''I'' 이야기

고집북스 틴즈 005

나와 나!

발행일 2022년 9월 13일

지은이 김민서, 석윤하, 강현
편 집 고은영

펴낸곳 GOZIPbooks
신 고 2000년 11월 26일 (제2020-000048호)
주 소 충남 천안시 서북구 불당4로 38
이메일 savvy75@hanmail.net
인스타그램 @gozipbooks

ⓒ 김민서, 석윤하, 강현 2022
ISBN 979-11-973089-8-7

고집북스 틴즈 005

나와 나!

〈MBTI〉 "I"들이 쓰는 "I" 이야기

김민서

강 현

석윤하

이 책은 청소년들의 심리를 자유롭게 쓴 것으로
학생들 사이에서 사용되는 표현들이 포함되어 있습니다.
그들을 좀 더 잘 이해하기 위한 것이니 양해 바랍니다.

CONTENTS

현이의 나와 나!

윤하의 나와 나!

PROLOGUE

사람들이 보는 내 모습이 과연 진짜 내 모습일까.
내가 누구인지 한마디로 표현할 수 있을까.

낯선 이와는 말을 섞지 않는 민서는
누가 나를 어찌 생각하든 크게 관심 없지만,
친구들과 가족만은 내 마음을 깊이 알아주길 바란다.

책임감이 우선이라 생각하는 윤하는
어떤 관계에서든지
자신이 반듯하고 모범적인 모습으로 보이길 바라지만,
아직 그릇이 작아서 조금은 외롭고 조금은 버겁다.

주위의 시선을 중요하게 생각하는 현이는
사람을 만날 때마다
자신에게 캐릭터를 하나씩 부여하고,
항상 그 역할에 충실해지려 노력한다

사람은 혼자서는 살아갈 수 없기에 관계를 맺는다.

사춘기를 지나고 있는 세 명의 청소년들이
관계에 대한 진한 고민을 던지고,
자기 내면을 들여다보는 시간을 갖는다.

나를 바라보는 사람들의 마음을 알아가는 과정에서
나의 내면을 깊이 들여다보고,
나의 진짜 모습을 사랑하게 되길,
그래서 한걸음 성장해가는 시간이 되길 바란다.

솔직하게 독자들 앞에 자신을 드러내고,
내 사람들에게 감사와 사랑을 전하는
그녀들의 용기에 박수를 보낸다

<고집북스> 대표 고은영

김민서

천안에서 태어나 천안에 쭉 살고 있다. 천안 업성고를 다니고 있는 고등학교 2학년이다. 나에게 맞는 진로를 열심히 찾는 중이다. 놀러 다니는 것도 좋아하지만, 집을 더 좋아하는 집순이이다. 자극적이고 달고 신 음식을 좋아한다. 침대에 누워서 폰 할 때 기분이 좋다. 또 침대에서 아무 생각 없이 잘 때가 제일 행복하다. 그 외에 모든 것들이 다 귀찮은 귀찮 만렙 잠순이이다.

민서의 나와 나!

잔망 루피 군침이 싹도노

친구들이 나를 처음 봤을 땐 다들 하나같이 같은 소리만 해. 조용하고 말 걸기 어렵게 생겼다고. 나도 그렇게 생각해. 근데 또 친해지면 말 많고 웃긴다고 그러기도 하지.

나는 사실 넓은 인간관계를 가질 필요성을 못 느꼈어. 반에서도 단짝 친구들이랑만 얘기하고, 다른 친구들과는 거리를 두고 지냈거든. 모르는 사람이나 어색한 사람 앞에서는 말이 없어지고 표정도 굳어져서 예전에는 이런 성격을 고치고 싶다고 생각한 적도 있어.

새 학기가 되면 항상 좀 힘들어. 거의 다 모르는 친구들인데 내가 먼저 다가가서 인사하는 일은 거의 없거든. 근데 고2 들어와서 우리 반 애들은 다 같이 놀고 얘기하고 싶어 하더라고. 애들이 말도 계속 걸어주니까 고마워서라도 반응 잘해주자고 마음을 먹으니까 처음에는 힘들었는데 계속 얘기하다 보니까 점점 친해졌어. 그래서 요즘은 내가 많이 변했다는 생각이 들어. 내가 너무 마음을 닫아놓고 살았나 후회도 되고. 우리 반 친구들 덕분에 많이 발전한 것 같아.

난 친한 친구라고 생각하는 그 기준이 좀 높은 것 같아. 저 친구는 나랑 친하다고 생각하는 것 같은데 나는 안 그럴 때가 많거든. 그리고 나랑 안 맞다는 생각이 들면 바로 좀 선을 긋는 타입이야. 그래서 나중에 후회한 적도 좀 있어.

어떤 애가 외모도 성격 안 좋게 생겼고, 말투도 세고, 막말하는 느낌을 받아서 거리를 두려고 그 애가 먼저 말을 걸어도 미지근하게 반응했어. 그래도 계속 말을 걸길래 얘기하게 됐는데, 알고 보니 좋은 애였고 원래 말투가 좀 그렇더라고. 그래서 어떤 면에선 나랑 비슷한 성격이라고 느꼈어. 알고 보니 이상한 애가 아니었는데, 내가 너무 혼자 철벽치고 미리 마음을 닫았던 거야. 얘는 진짜 츤데레 같아. 지금은 같이 안 다니는 애들 중에서는 제일 많이 얘기하는 거 같아. 남들도 나를 보이는 걸로만 판단하면 조용하고 말 없고 싸가지 없을 거 같았는데, 친해지니까 달라진다고, 내가 이런 사람인지 몰랐다고 그러거든. 내가 상대방을 생각하는 것처럼 상대방도 나를 똑같이 생각할 수도 있으니까. 그 친구를 만나고 나서 얼굴이나 보이는 성격으로 그 사람을 미리 판단하지 않아야겠다고 생각했어.

친구들은 내가 잔망 루피 닮았대. <잔망루피 군침이 싹도노> 표정을 아는지 모르겠지만, 그걸 닮았다고. 다들 밖에서 루피를 보면 나한테 니가 왜 여기 있냐고 연락한다니까. 생각해보니 내가 표현이 다양한 편이 아니어서 그런 거 같아. 너무 반응이 없어서 서운하다는 친구도 있었어. 그 친구에게 관심이 없는 것도 아니고, 사실 내 마음은 그렇지 않은데. 겉으로 표현이 나오지 않는 거야. 하지만 엄청 친해진 친구들은 내가 이런 애라는 걸 아니까 괜찮다고 해.

나는 가끔 기분이 오락가락하는 편인데, 새벽에 기분 좋을 때 제일 친한 친구들에게 메시지 보내는 게 좋아.

<아 여러분 저 이번에 대용량 아이스크림 샀어여.>

<개 행복해.>

<읽지 마세요. 왜 읽으세여!!>

<빨리 잠이나 자.>

<나 왜 갑자기 기분 좋냐.>

<난 좀만 혼자 떠들다 잘 거임.>

<신경 쓰지 말라고. 빨리 자라.>

<다들 잘장~~~>

이런 식으로 혼자 아무 말로 떠들어. 진짜 아무 말이야. 생각 나는 대로 그래도 기분 상하지는 않도록 막 말하면 스트레스도 풀리고 아주 재밌더라고. 원래 연락을 먼저 하거나 길게 써서 보내는 편이 아닌데 새벽에 기분이 갑자기 좋을 때는 노래 틀어놓고 그냥 제일 친한 친구들한테 아무 말 하는 게 좋아. 이상하게 들릴지도 모르지만, 친구들이 안 읽을 때 보내는 게 훨씬 더 재밌어. 내가 처음 그랬을 때, 내 성격을 아는 친구들은 반가워하면서 가끔 이렇게 아무 말로 막 메시지 남기라고 해서 더 좋았어. 근데 이것도 제일 친한 친구들 한정이라는 거지.

근데 사실 친구들이 서로 좋은 말만 해주니까 진짜 속마음은 어떤지 잘 모르겠어. 좀 안 좋은 것도 있을 수 있잖아. 사람은 누구나 단점이 있으니까. 예를 들면 처음 만났을 때 말이 없고 차가운 눈빛, 툴툴대는 거. 나를 잘 모르는 사람에게 좋은 인상은 아니잖아. 그런데 어쩌겠어. 그게 나인데. 그래도 요즘은 좀 고치려고 노력 중이야.

"김민서는 그냥 개웃김!"
"속마음과 다르게 띠꺼운 말투 아주 좋아."

나는 요즘 이런 말들이 제일 기분 좋아. 친구들이 나를 잘 알아주는 것 같아서. 고2 되고 애들이 김민서 너무 웃긴다고 계속 그래서 개그우먼 해야 하나 진지하게 생각해보기도 했어. 근데 웃긴 게 그냥 웃긴 말을 해서 웃기는 게 아니라 그냥 내가 웃긴다고 해. 내 말투나 행동이 그렇다는데 난 아직도 잘 모르겠어.

친구들이 말하는 나를 정리해보면 <루피>, <새침데기>, <츤데레>, <도도> 뭐 이런 거네. 예전에는 표현을 더 안 했는데, 그래도 이 정도면 많이 발전한 거라고 생각해. 나중에 사회에 나가면 더 많은 사람을 만나게 될 텐데 그땐 좀 더 표현을 많이 하도록 노력해야 할 거 같아.

내 친구들이 나한테 많이 다가와 줘서 정말 고마웠어. 그동안 이런 말은 못 했지만, 항상 고맙고 미안했어. 앞으로도 친한 친구들은 오래오래 계속 연락하고 친하게 지냈으면 좋겠어. 나도 표현도 많이 하고 말투도 이쁘게 말하도록 노력하고 있으니까 꼭 알아주길 바라. 나는 기분이 오락가락 많이 해서 말투가 기분에 따라 많이 달라지는데, 친구들이 신경 쓰이지 않도록 기분파인 것도 고쳐야 할 거 같아. 앞으로도 친한 친구들이랑 성인이 되어서도 자주 만나고 이대로 쭉 갔으면 좋겠어. 항상 고마워 얘들아.

잠만보와 음소거

학기 초에 아는 애가 하나도 없어서 망했다고, 혼자 다녀야 하냐고 친구한테 울분을 토한 적이 있거든. 근데 친구가 화장실에서 우리 반 여자애들 몇 명이 내가 조용하고 맨날 잠만 잔다면서 친해지고 싶다고 했다며 말해주더라. 그래서 다행히 혼자 다니지는 않겠구나 하며 안심했어. 학년 초마다 망했다고 생각했는데, 결국은 좋은 친구들이랑 다니게 되더라고.

우리 반 여자애들 중 엄청 조용한 애들이 있는데, 나랑 친한 친구들이 그 애들이랑은 별로 안 친해. 처음엔 다 같이 놀면 좋을 거 같았는데, 계속 지켜보니까 여러 가지 안 맞는 부분이 많은 거 같더라고. 그래서 굳이 그럴 필요는 없겠다는 생각이 들었어. 같이 놀지는 않지만, 그 친구들도 우리를 나쁘게는 생각 안 했으면 좋겠어. 그래도 나는 어쩌다 말할 일이 생기면 친절하게 반응하려고 노력하는데 알아주려나?

그리고 난 남자애들이랑은 안 친하거든. 근데 딱 한 명 친해진 애가 있어. 걔가 얘기해준 게 있는데, 애들이 나 맨날 잠만 잔다고 잠만보라고 했다면서 말 걸면 잘 안 받아줄 거 같다고 그랬다는 거야. 1학기가 다 지나갈 때쯤이었는데 친해지는 건 망했다고 생각했지. 처음에는 남자애들이랑도 친해지고 싶었는데, 지금은 아닌 게 더 나은 거 같기도 하고. 그래도 이제부터는 학교에선 잠을 좀 덜자면서 밝게 생활해야겠다는 생각은 들어. 남자애들한테 잠만보라는 별명을 듣는 건 좀 별로잖아.

이번엔 쌤들 얘기를 좀 해볼까 해. 고등학교 들어와서 공부를 열심히 하지 못해서 사실 내가 대학교에 갈 수 있을지 모르겠어. 대학교는 아무 데나 가도 괜찮은데, 학과는 치위생학과에 꼭 들어가고 싶거든. 성적이 안 돼서 들어갈 수 있을지 모르겠지만. 지금부터라도 조금 더 노력하면 할 수 있을까? 그래도 결과가 어떻게 나오든 난 만족하면서 살려고.

사실 난 어떻게든 되겠지 하는 마인드인데, 엄마나 선생님들은 걱정을 많이 하셔. 애들이 맨날 나보면 집 가고 싶은 표정이다, 아침마다 짜증이 가득 차 있음, 영혼 없어 보인다, 뭐 이런 소리를 하는데 다 맞는 말이야. 전 학원쌤들이나 담임쌤이나 다 같은 소리를 했어. 왜 그렇게 숫기가 없냐고. 말 좀 하라고. <밖에서는 말 많이 하지?> 막 이러면서 약간 웃기려고 하는데 웃음이 안 나와. 사실 맞아. 선생님들 앞에서는 말이 안 나오고. 싫어하는 공부를 하고 있어서 그런 거 같아. 밖에서 만나면 좀 덜 할 거 같은데.

다행히 올해는 담임쌤을 아주 잘 만난 거 같아. 학기 초 좀 지나서 번호순으로 상담 같은 거 했거든. 내가 진심으로 공부에 진짜 집중이 안 된다면서 ADHD 얘기를 했는데, 쌤이 처음에는 장난처럼 받더니 나중에는 교무실에서 테스트도 해주셨어. 근데 ADHD 아니래. 난 아직도 아니라고 믿지는 못하겠어. 상담할 때 쌤이 되게 많이 웃으셨는데 내가 이런 애인 줄 몰랐다면서. 왠지 모르게 다른 때와 달리 쌤이 친근했는지 내가 막 조잘조잘 말을 했거든. 나중엔 애들이랑 같이 있는데 상담 얘기하시면서 나랑 어떤 여자애가 제일 상담하는데 재밌었다고 하시더라고. 애들이 막 동의하는데, 난 또 개그우먼을 해야 하나 다시 한번 생각했어. 기분도 꽤 괜찮았어. 난 그냥 생각 없이 말했는데 애들을 웃기고, 특히 담임쌤을 웃겨서 그날 아주 뿌듯한 하루였어. 근데 글 이렇게 쓰는 거 맞는 건가. 생각나는 대로? 난 초보 작가니까 괜찮아. 괜찮겠지?

근데 난 우리 학교쌤들 중에서 일학년 체육쌤이 제일 좋은 거 같아. 나는 어색하고 부끄럽고 그러면 눈도 잘 못 쳐다보는데 쌤은 계속해서 말 걸어 주시고 그래서 좀 친해졌어. 난 먼저 안 다가오면 친해질 사람이 없는데, 먼저 다가와 주셔서 감사했지. 일화를 하나 말해볼까. 일학년 때 치어리딩 수행을 한동안 했는데, 치어리딩 발표날에 천막 같은 걸 치고 번호순대로 나와서 한 명씩 촬영하면서 쌤이 보는 걸로 했는데 내가 2번이거든. 그래서 떨려 죽겠고, 쌤 앞에서 춰야 해서 너무 부끄러운 거야. 내 차례가 돼서 천막 안으로 들어갔는데, 애들이 다 보고 있더라고. 보통 앞번호 애들 하는 거 보면서 외우거든. 쌤이 또 앞에서 보고 있으니까 너무 떨리는 거야. 안무 다 틀릴 거 같고. 내 딴에는 티 안 낸다고 안 냈는데. 근데 쌤이 원래 내가 부끄럼 많고 그런 성격이라는 걸 아셨나 봐. 쌤이 갑자기 애들한테 막 뭐라 하시는 거야.

"야! 각자 가서 연습해. 미리미리 외웠어야지!!"

애들한테 장난으로 말씀하시면서 못 보게 해주셔서 다행히 좀 편하게 출 수 있었어. 그것만으로도 감사한데, 애들 다 가니까 쌤이 편하게 하라면서 잘못해도 괜찮다면서 자기도 안 볼 테니까 끝나면 말하라고 하시는 거야. 웃으면서 말하고 나가셔서 완전 편하게 잘했잖아. 어떻게 내 성격을 아시고. 1번 발표할 때는 아무 말 없으시다가 내가 발표할 때 배려해주시고, 나 끝나고 3번부터는 다시 쌤이 들어가서 직접 보시더라고. 쌤은 사소하고 자잘한 것들을 챙겨주셔서 제일 감사하고 좋은 거 같아.

투덜이 막둥이

언니들 이야기를 해 볼게. 나는 언니가 둘 있어. 언니들은 나를 툴툴대는 막내 정도로 생각하는 거 같아. 큰 언니는 아직 내가 중학생 같다고 그러고, 다들 나를 되게 걱정해. 놀다가 늦으면 전화 받을 때까지 전화해서 바로 집으로 오라고 하고. 맨날 어디냐, 밥 꼭 챙겨 먹고 나가라, 일찍 들어와라 맨날 잔소리야. 너무 많이 들어서 이제 지겹지만, 걱정하는 마음을 아니까 그러려니 해. 난 거의 성인인데 아직도 나를 애기로 보는 거 같아. 설마 성인이 돼서도 그러진 않겠지. 엄마는 성인 되면 아무 신경 안 쓴다고, 내가 지금 청소년이니까 신경 써 주는 거라는데 과연 그럴까 싶어.

내가 막내라고 가족들이 나만 좀 허용해주는 것들이 많았는데, 그거에 대해서 언니들은 엄청 서운해했어. 그래도 언니들이 날 챙겨줘서 항상 고맙게 생각하고 있어. 작은 언니는 서울에 자취하고 있어서 한동안 계속 못 봤는데, 한동안 안 보니까 보고 싶은 거 같기도 하고 그래. 아직 언니들이랑 다 같이 제대로 어딜 놀러 가질 못했는데, 청소년이라고 나만 빼고 언니들만 놀러 가고 그럴 때는 좀 서운할 때도 있었고. 그래도 이번에 큰언니랑 서울 올라가서 셋이 놀기로 했는데 엄청 기대돼.

어릴 때는 서로한테 관심이 없었던 거 같아. 그래서 언니들이랑은 집에서만 놀고, 친구들이랑 놀이터에 가서 종일 놀았어. 놀이터가 우리 집 바로 앞에 있어서 엄마가 회사 갔다가 집에 오는 게 보이거든. 그래서 엄마랑 같이 집에 들어오고 그랬는데, 지금 생각해보면 따뜻하고 소소한 행복이었어. 언니들은 내가 너무 언니들이랑은 나이 차이가 좀 나서 어렸을 땐 별로 안 친했어. 크면서 점점 친해지고 더 서로 믿음이 커진 거 같아. 이제는 공통 관심사가 많아져서 그런 거겠지. 막내라서 좋은 점도 있고, 싫은 점도 있었지만, 언니들과 관계가 돈독해진 이후로는 언니들이 있어서 든든하고 좋다는 생각이 많이 들어.

친구들이랑 노는 거랑 가족들이랑 놀러 가는 건 느낌이 다른 거 같아. 우리 아빠가 캠핑을 좋아해서 가끔 캠핑 가거든. 가족들이랑 놀러 가는 거는 가족끼리 끈끈함이 느껴져서 좋고, 좋은 추억이 생겨나는 느낌이야. 언니들이랑 놀러 가는 건 또 조금 달라. 친구들이랑 놀러 가는 건 약간 스트레스 풀리고 무기력한 게 사라지는 느낌인데, 언니들이랑 놀러 가는 건 더 돈독해지는 느낌이지. 친구들이 다 없어져도 언니들만 있으면 괜찮을 거 같은 느낌을 준달까. 내가 막내라서 편하기도 하고.
나중에 셋이 여행도 다니고 하면 진짜 좋을 것 같아. 지금은 많이 싸우기도 하지만 나중에는 서로에게 제일 좋은 친구가 되겠지? 친구 같은 우리 세 자매 끝까지 사이좋게 지냈으면 좋겠어. 지금은 내가 언니들한테 많이 도움받고 얻어먹는 입장이지만, 나중에 나도 돈을 벌 나이가 되면 다시 꼭 되돌려줄게. 언니들 고마워.

엄마, 아빠는 아직도 내가 초딩 같나 봐. 내가 막내라서 언니들 때랑 다르게 공부 같은 거에 조금은 너그럽게 봐주는 것 같아. 물론 사실 난 그렇게 생각 안 하는데 언니들이 말하는 거 보면 자기들에 비해 넌 편한 거라고 감사하라고 그러더라고. 엄마, 아빠가 나한테 바라는 건 큰 게 아닌데 내가 너무 실망하게 해서 포기하신 건가 그런 생각도 들고. 하지만 요즘은 그래도 많이 날 이해해 주는 거 같아서 부모님께 감사해. 막상 성인이 되고 갑자기 나한테 쏟던 관심이 줄어들면 뭔가 좋으면서도 많이 허전할 거 같거든. 사실 나도 내가 성인 되는 게 상상이 안 가. 좀 설레기도 하고, 두렵기도 하고.

엄마, 아빠가 나한테 화내실 땐 상처받고 기분도 안 좋은데, 그게 다 나를 생각하고 말해 주시는 거니까 잘 넘기자고 생각하고 있어. 그래도 요즘은 잔소리가 덜해서 너무 좋아. 사소한 것도 칭찬해 줘서 기분 좋고, 전보다 마음이 한결 편해졌어.

전에는 무조건 공부공부하고, 누워있기만 하면 잔소리하고, 화나면 진짜 크게 소리 지르면서 상처 주는 말만 콕콕 골라서 해서 자주 싸우고 사이도 안 좋았거든. 그런데 요즘은 엄마가 내 마음을 좀 이해하는 건지 화도 덜 내고, 화가 나도 크게 소리 지르지는 않고 조곤조곤 내가 잘못한 것만 반성하게 해주는 거 같아. 물론 화를 내긴 내지만 전보다 공부나 옷

이런 거에 대해서는 많이 느슨해진 느낌이 들어. 엄마도 마음을 내려놓으신 거겠지. 나를 요즘 이해하려고 노력하는 게 느껴져서 너무 감사해.

엄마는 티 나게 나를 사랑해 주시는 게 느껴져. 나를 막내라고 많이 봐주시지. 기억나는 걸 하나 말해 볼까. 어릴 때 같이 언니들이랑 셋이 싸웠는데 엄마가 화나서 밖으로 내쫓았거든. 그런데 나만 빼고 언니들만 팬티 바람으로 내쫓은 거야. 나는 그때 엄마 뒤에 숨어서 보고 있었는데 언니들이 그때 내가 진짜 미웠대. 그땐 몰랐지만, 나 같아도 완전 짜증 날 거 같아. 그래도 언니들이 내가 어리다고 봐줘서 다행이지.
엄마는 청소년 때는 청소년답게 입고 꾸미고 공부도 열심히 해야 한다고 생각해. 근데 나는 이쁜 옷 입는 거 좋아하고, 꾸미는 거 좋아하고 공부는 싫어하고, 그래서 이런 걸로 자주 싸웠어. 요즘은 좀 덜한데 나도 이제는 엄마 입장을 많이 이해해서 그런 거 같아. 청소년이면 청소년답게 살라고 그러는데, 난 귀도 안 뚫고, 쌍수도 안 하고 탈색도 안 하고 나름 나도 엄마 생각해서 참고 있는 거야. 성인 되면 다 해줄 테니까 지금은 공부나 하라고 해. 솔직히 다른 애들은 다 하는 건데 나만 못하니까 억울한 거야. 그래도 요즘은 조금 이해가 되고, 싸우고 엄마랑 사이 안 좋아지는 게 더 싫더라고. 나도 엄마한테 진짜 미안하고 고마운 거 많으니까. 그래서 더 참을 수 있는 거 같아. 성인이 될 날도 얼마 안 남았고. 근데 엄마가 대학 가야지 해주신다는데 말이 되나. 몰라, 안 되면 내 돈으로 할 거야. 그래도 엄마, 내가 많이 사랑하는 거 알지?

아빠는 티는 많이 안 내지만, 나를 제일 아껴주는 거 같아. 아빠는 엄마랑 정반대야. 엄마는 못 하게 하는 게 더 많고 화내면서 말하는데, 아빠는 맘에 안 들어도 화내지 않고 말해줘서 참 좋아.

어릴 때 엄마, 아빠랑 롯데마트인가 장난감 파는 데를 갔는데 돌고래 인형이 너무 이쁜 거야. 그래서 그거 사고 싶다고 찡찡댔는데, 엄마는 그냥 가자고 집에 많은데 또 사냐고 하시고, 아빠는 그냥 사주자고 그래서 결국 샀지. 집에 가면서도 아빠가 엄마한테 잔소리 엄청 들었던 거 같아. 크고 나서는 전보다 엄격해지셨지만, 딱 좋은 정도로 변하신 거 같아. 아빠도 나처럼 츤데레야. 내가 아빠를 닮은 건가. 츤츤대면서 언니들보다 나를 더 챙겨주는 걸 항상 느껴.

그리고 마지막으로 우리 강아지 하루. 원래 할머니께서 키우

셨는데 아프셔서 수술하실 동안만 우리 집에서 지내기로 했는데, 할머니가 퇴원은 하셨지만, 아직 회복 중이셔서 아직은 다시 할머니 댁으로 못 가고 있어.

"하루 우리가 키워야 할 거 같으니까 잘 보살펴 줘."

아빠가 그렇게 얘기하시는데 그 순간 좋으면서도 할머니가 많이 걱정됐어. 그래도 지금 잘 회복하고 계신다고 하셔서 다행이야. 하루가 우리 집에 들어온 이후로 우리 집이 더 화목 해진 거 같아. 우리 가족들은 다 밝고 상냥한 편이 아닌데, 애교라고는 1도 없는 언니들이 하루만 보면 애교를 부리더라니까.

작은 언니는 친구들이랑 여행은 잘도 가면서 가족끼리 외출하려고 하면 예전에는 사춘기였는지 맨날 안 간다고 그랬거든. 나도 마찬가지인데 하루가 온 뒤로는 오히려 하루 데리고 나가고 싶어서 거절하지 않게 되더라고. 언니들은 가끔 여행 가자고 그러는데 난 아직 귀찮을 때도 많아. 근데 하루 때문에라도 가게 되는 거 같아.

하루는 보기만 해도 그냥 힐링 되는 거 같아. 엄마는 귀여워하는데 만지는 걸 안 좋아해. 엄마가 너무 한 거 같다는 생각도 들어. 아빠는 하루가 토이 푸들이거든. 근데 자꾸 푸들이 옛날에 사냥견이었다면서 장난감 던지고 물어오라고 훈련을 시키더라고. 안 물어오면 삐지고, 간식 안 준다면서. 아빠가 은근 귀여운 면이 있는 거 같아. 하루 덕분에 알게 된 거지. 나도 하루에게 이렇게 애정이 생길지 몰랐는데, 갈수록 빠져 들어. 토이 푸들이 원래 작은데 하루는 토이 푸들 중에서도 진짜 작거든. 그래서 더 귀엽고 얼굴도 진짜 이뻐.

하루가 우리 집에 들어온 이후로 싸운 적도 별로 없고, 사람이 없는 것처럼 조용했던 적도 없었던 거 같아. 정말 하루가 우리 집에 온 거는 진짜 큰 행운 같아. 전에는 내가 막내여서 제일 이쁨받고 그랬는데. 이제 하루에게 관심이 쏠리니까 좀 서운하기도 하지만, 나도 하루가 너무 이쁘니까 이해해. 사실 관심이 나한테만 쏠리는 게 부담스럽기도 했거든.
하루가 너무 귀엽고 착해서 밖에 나가면 하루 보러 집에 가고 싶다고 매일 생각해. 하루야 언니랑 오래오래 행복하게 살자. 사랑해 하루.

가족들도 내가 아끼고 사랑하는 거 말 안 해도 잘 알고 있을 거야. 항상 엄마, 아빠, 언니들한테 미안하고 고마운 거 많은데 내 맘 알아줬으면 좋겠어. 다들 오래오래 행복하게 살았으면 좋겠다. 인생에서 제일 소중한 내 가족들. 진짜 사랑해!

검은콩과 귀찮만렙

내가 생각했을 때, 나는 상대방을 배려하려고 많이 노력하는데 그렇게 보이지는 않는 것 같아. 또 내게 불이익이 생기면 좀 이기적으로 되는 거 같기도 해. 뭔가 속과 다르게 행동이 다르게 나오는 느낌이랄까. 뭔가 생각 없이 말이나 행동을 먼저하고 나중에 후회를 많이 하는 거 같아. 그래서 친한 친구들이나 가족이 아니면 나를 오해하기도 하고.

낮에 친구들이랑 밖에 놀러 나갔는데 날씨가 너무 더운 거야. 너무 땀나고 더워서 땀 식히면서 조용히 걸어가는데 같이 가던 친구 두 명이 이렇게 말하는 거야.

"민서 지금 더워서 화났다."

"지금 건들면 안 된다."

"김민서는 밤에 만나야 텐션 올라가."

사실 난 전혀 기분이 나쁘지 않았고, 애들이 덥냐고 물어서 난 장난으로 더워서 짜증 난다고 투덜댄 건데 기분 안 좋아 보였나 봐. 그래서 그때 애들한테 미안해서 피시방 가서는 계속 정색하고 있지 말아야지 이 생각하고, 말투도 둥글게 쓰려고 노력했어. 근데 얘네들은 거의 제일 친한 친구들이고 날 잘 아니까 괜찮았지만, 날 잘 모르는 친구들이었으면 그냥 내가 화난 걸로 오해했을 거야. 어렵지만 좀 더 노력해야겠지?

그리고 나는 한 가지를 오래 못하는 편인 거 같아. 아무리 좋아하는 취미라도 오래 하면 질리고, 좀 쉬고 나면 다시 흥미를 느끼게 되더라고. 그리고 도전하는 것을 그리 안 좋아하는 거 같아. 그래서 내가 좋아하는 게 뭔지 아직 못 찾은 거 같아.

싫증을 잘 내는 성격 때문일 수도 있는데, 그보다는 귀찮음이 발동해서 그렇게 되는 것 같기도 해.

집에서는 하는 게 거의 없는 거 같아. 쉴 때는 꼭 누워있고, 누워있으면 졸리고, 그래서 자버리면 하루가 다 가버려. 밥 먹고 또 갑자기 졸려서 자고. 잘 때는 아무 걱정이 없어지잖아. 그래서 자는 걸 더 좋아하게 되는 거 같아. 편안한 침대에서 아무 생각 없이 잠드는 게 얼마나 좋은지 몰라. 그래도 종일 자고 나면 마음은 불편하지. 잠 때문에 집에 있으면 할 것도 제대로 못 하는 거 같아. 그래서 스터디 카페에 자주 가는 편이야, 물론 거기서도 졸지만, 집보다는 잠이 덜 오는 것 같아서. 학교에서는 졸릴 때는 그냥 자버려. 쉬는 시간에 자다가 수업 시간에 짝꿍이 깨워주고, 다음이 이동수업인데 자고 있으면 애들이 깨워줘서 겨우 가고. 그런 적이 많았어. 말이 안 되는 거 알지만, 학교에서 많이 자면 집에 갈 때 좀 상쾌하고 기분이 좋아. 이제 개학이 많이 다가와서 애들이랑 서로 학교 가기 싫다고 얘기하는데 꼭 나오는 얘기가 있더라.

"너 어차피 학교 와서 잠만 잘 거잖아."
"니 담요 뒤집어쓰고 자는 거 요즘 못 봐서 기운 없음."
"이제 학교에서 잠 안 자겠다고 맘 먹은거임?"

이런 얘기 들으니까 <아, 내가 정말 많이도 잤구나.>하고 심각성이 느껴졌지. 전보다 덜 자려고 노력은 하겠지만, 그래도 너무 졸리면 자는 게 맞는다고 생각해.

요즘은 무기력하고 귀찮음이 더 심해져서 엄마가 보기 싫었는지 필라테스나 헬스장 다니는 게 어떠냐고 하더라고. 그래서 필라테스 가봤는데 너무 잔잔하고 조용하고 나긋나긋하게 하는 게 내 스타일이 아니더라. 그래서 헬스장에 다니기로 하고 요즘 헬스장 끊어서 열심히 다니고 있는데, 큰언니도 같이 끊어서 요즘 새벽에 같이 가고 있어. 혼자 다니면 심심했을 수도 있는데, 큰언니랑 같이 가니까 재밌어서 오래 하게 되는 거 같아.

그리고 어느 날 보니까 중학교 때 친구가 같은 헬스장 다니더라고. 나랑 같은 아파트 살아서 중학교 때 되게 친했는데 고등학생 되고 연락을 안 했어. 근데 헬스장을 다니면서 서로 불러서 만나고, 다시 옛날로 돌아간 거 같아서 좋았어. 그 친구는 해군 사관학교 간다고 운동 되게 열심히 하는데 목표 이루려고 열심히 하는 게 엄청 대단하다고 생각했어. 언니랑 헬스 갈 때도 있고, 요즘은 친구랑 더 많이 가는데 같이 하니까 시간이 금방 가더라고.

나는 공부하는 걸 진짜 싫어해. 태생부터 공부랑 안 맞게 태어난 게 확실해. 전보다는 덜해졌지만, 공부만 보면 졸리고 짜증 나고 그랬거든. 마음 같아선 아무것도 안 하고 싶지만, 그러면 인생을 잘 살 수 없을 거 같아서 그리고 좀 있으면 졸업하니까 대학 갈 수 있을 정도는 하려고 노력하고 있어. 포기 안 하고 지금보다 좀 더 노력해서 가고 싶은 곳에 들어갈 수 있으면 좋겠어.

이건 조금 다른 얘긴데 나는 평소에는 집순이지만, 이쁜 옷 사서 입고 놀러 가는 것도 되게 좋아하거든. 이쁜 옷이나 립 구경하고 장바구니에 담는 것도 너무 좋아해. 입고 싶은 거 장바구니에 쌓아놓고 보면 얼마나 설레는지. 옷을 고를 때 시간을 되게 많이 쓰는 거 같아. 이거는 질리지도 않더라고. 막상 옷 시켜서 집에 오면 한번 입어 보고 던져놓는데, 놀 때 다시 입으면 그때가 진짜 기분 좋아. 일상 생활할 때는 편하고 평범한 거 좋아하는데, 놀러 갈 때는 이쁘게 입고 싶어서 고민고민해서 옷도 고르고, 화장하는 것도 되게 좋아해. 놀러 갈 때 좋아하는 음악 틀어놓고 화장하면 얼마나 마음이 편안해지고 기분이 좋은지 몰라. 화장도 풀메 하게 되고, 이때는 뭔가 엄청 열심히 하는 거 같아.

다들 그렇겠지만, 나는 친한 친구들이랑 놀 때 제일 스트레스 풀리고 좋은 거 같아. 한때 노는 거에 정신 팔려서 주말마다 친구를 만나서 놀았어. 후회는 안 하는데 돈을 너무 막 써서 좀 아껴 쓸 걸 하는 생각이 좀 드네. 요즘은 친구들이랑 시간도 안 맞고 돈도 없어서 자주 못 노는데 너무 아쉬워. 그래도 지금처럼 가끔 노는 게 서로의 인생에 더 좋은 거 같아. 나중에 대학 가면 친구들이랑 자유롭게 많이 놀러 다니고 싶어.

아, 그리고 나는 꼭 놀 때 사진을 찍어야 해. 폰으로 찍는 것도 좋지만 하루 필름, 인생네컷 등등. 그런 걸 찍으면 재밌는 추억도 남고, 데이터가 아니라 실물로 소장할 수 있어서 좋은 거 같아. 딱 사진 사이즈에 맞는 앨범을 사서 여태까지 찍은 사진을 하나하나 넣을 때 너무 좋아. 엄청 큰 추억을 눈으로 보는 느낌이야.

친구들이랑 있으면 그냥 카페에서 얘기만 해도 좋고, 같은 학교 아닌 애들은 못 했던 얘기 다 하고 너무 개운하고 좋더라고. 지금 상상만 해도 스트레스가 풀리는 거 같아. 이런 친구들이 없었다면 어땠을까 상상하면 너무 싫어. 이 친구들이 없었다면 진짜 공부 스트레스를 마음속에서 삭히면서 하루 하루 우울하게 지냈을 거야. 생각해보면 가족이 제일이라고 생각해왔는데 막상 친구들이 없으면 진짜 못 살 거 같기도 해. 하루하루 우울하게 살아갈 거 같고.

그러니까 나는 진짜 내 사람들한테 더 잘해줘야 해. 한편으로 이기적이지만, 다른 한편으론 이기적이지 않은 게 현명한 거로 생각해. 하지만 나한테 소중한 인연들을 놓치지 않고 오래 갈 수 있으려면 지금보다는 좀 더 배려하면서 살아야겠다는 생각이 들어.

그러고 보니 난 정말 공부만 없다면 진짜 행복하게 잘 살 수 있을 거 같은데 너무 아쉽다. 생각해보면 난 공부 빼고 모든 면에서 운이 좋은 거 같아. 공부도 잘했으면 더 좋았겠지만, 모두 좋을 수는 없으니까. 감사하고 만족하면서 살아가려고.

사실 나는 나에 대해 깊이 생각해 본 적 없어. 특별히 잘하는 것도 없는데 또 공부는 하기 싫고. 무언가를 시작하려고 해도 귀찮음이 더 커서 포기하게 되는 거 같아. 그래서 누가 꿈이 뭐냐고 물으면 짜증도 나고, 꿈이 없으니까 더 무기력해지는 거 같아. 그래서 많이 걱정도 되고, 나만 길을 찾지 못한 기분이 들어서 우울했어. 그래도 이렇게 내 이야기를 내가 쭉 써 내려가다 보니 자신의 장단점을 잘 파악하게 되는 거 같아서 좋아. 이제는 조금씩 내 미래를 구체적으로 계획해 봐야겠다는 생각이 들어. 이 무기력함을 벗어나서 조금은 활기찬 사람이 되도록 노력해봐야겠어.

나에 대한 글을 쭉 쓰다 보니 내 인생을 돌아보게 되는 거 같아서 좋았어. 어쩌면 나는 되게 평온하게 살아온 거 같아. 뭔가 큰 사건이나 시련도 없었고, 좋은 친구들이 먼저 다가와서 날 좋아해 주고, 여러 쌤이 날 이뻐해 주셨다는 걸 이제야 느껴.

좋은 친구들을 만나서 난 너무 행복하고, 엄마, 아빠, 친구 같지만 든든한 언니들과 하루가 있어서 진짜 행운인 거 같아. 그리고 내가 아끼는 사람들한테 더 잘해줘야겠다고 생각도 많이 한 거 같아.

살면서 작가가 되어서 글을 쓰는 게 쉬운 일은 아니잖아. 그래서 직접 글을 써본 것만으로도 좋은 경험이라 생각해. 그리고 여태까지 내가 해왔던 행동들에 대해 다시 한번 생각하게 되었어. 후회와 반성도 되고, 어떤 면에서는 내가 맞게 살아가고 있다는 생각도 들어.

그동안 내가 너무 무의미하고 대충 살아 왔구나 하는 반성도 되고, 감사하고 미안한 사람들이 너무 많은데 표현을 못 한 게 후회도 되는 거 같아. 하지만 나는 아직 열여덟이잖아. 이제부터라도 내 인생을 위해 조금 더 힘내고 알차게 살아야겠다는 생각이 들었어.

내가 이런 생각을 하는 건 이제 어른이 다 되었다는 뜻일까?

ISTP

명확한 비전을 추구하기보다는

중대한 결정을 내리기 전

새로운 가능성을 탐색해 보는 성격입니다.

★ 친절하지만 매우 내향적이고, 차분하지만 즉흥적이며, 호기심이 넘치지만 일반적인 교육 시스템에서는 집중력을 유지하지 못하는 수수께끼 같은 성격입니다.

★ 결정을 내릴 때 실용성과 현실성을 고려하며, 남에게 대접받고자 하는 대로 남을 대접하는 것이 공정하다고 생각한다.

★ 문제점은 남들도 자신과 같이 관대한 성격을 지니고 있다고 생각해 너무 성급하게 행동할 가능성이 크다는 것이다.

★ 다른 사람의 반응을 예상하는 일을 어려워합니다. 자신의 감정과 의도에 따라 말이나 행동이 적절한지를 판단하기 때문입니다. 감정적으로 격양된 상황이라면 선을 넘는 말과 행동으로 인해 극심한 갈등이 발생할 수도 있다는 점에 주의해야 합니다.

강현

현재 중학교 2학년으로 어렸을 때부터 책 읽기와 글쓰기를 즐겼다. 가장 좋아하는 장르는 현대소설 이며, 요즈음에는 글쓰기 외에 디자인 부분에도 관심이 생겼다. 이 책을 첫 계단으로 하여 더 많은 글을 써보고 싶다.

현이의 나와 나!

진짜 친구와 기간제 친구

나는 세상에는 두 가지 종류의 친구가 있다고 생각한다. 하나는 밖에서도 계속 연락하면서 계속 친하게 지내는 <진짜 친구>이고, 다른 하나는 학교 친구처럼 만나는 날이 줄어들게 되면 연락도 안 하게 되고, 나중에는 만나도 인사도 하지 않는 일명 <기간제 친구>가 있다고 말이다.

다른 사람들은 어떨지 모르겠지만, 나는 진짜 친구와 기간제 친구와의 구분이 확실한 편이다. 나는 학교에서는 최대한 친구를 만들지 않는 편이고, (분명히 못 만드는 게 아니라 안 만드는 것이다.) 어쩌다 많아져도 절대 마음속의 깊은 감정까지 공유하지는 않는 편이다.

하지만 그렇다고 해서 학교 친구에게 전혀 곁을 주지 않는다 거나 감정을 교류하지 않는다는 것은 아니다. 어느 정도 감정교류는 하되 깊은 감정을 나누지는 않는다 이 말이다.

"야, 네가 보는 나는 어떠냐?"
"음, 사회생활을 잘하는 애? 나랑 얘기하다가 선생님이나 어른 지나가시면 바로 태도 바뀌는 거 쩔어."
"그래? 어떤 식으로? "
"우리랑 얘기할 땐 나는 공주야 어쩌고 하면서 겁나 이상한 목소리로 하다가 쌤 지나가시면 바로 목소리 바뀌어서 인사 하는 거?"

그렇단다. 친구의 말대로면 아마 나는 이중인격자인가 보다. 그런데 사실 나는 이 말을 수긍할 수밖에 없었다. 나는 평소에 <다른 사람이 나라는 사람을 떠올렸을 때의 이미지>를 중요하게 생각하면 편이다. 그래서 친구들 사이에서도 그 친구가 나를 봐줬으면 하는 느낌의 이미지를 만들어 그 친구 앞에서 사용하기도 한다. 보통 친하지 않은 어른들이나 선생님들 앞에서는 더 신경 써서 이미지 관리를 하는 편이다.

나는 초등학교 6학년 때 개학한 지 이틀째에 같은 반 남자애에게 <관심받는 것을 너무 좋아하는 아이>라는 후기를 받은 적이 있었다. 같은 반의 1/3이 아는 친구다 보니 아마도 초등학교 6학년의 나는 좀 과도하게 활발했나 보다. 그렇게 시끄럽고 활발하게 6학년을 보냈던 것과는 상반되게 나는 중학교에 올라오자마자 나의 이미지를 바꾸었다. 엄마가 평소에 중학교가 중요하다는 언급을 많이 해서인지 나는 중학생이 되고 같은 반에 아는 아이가 하나밖에 없자 그냥 초등학생의 내가 아닌 내 안의 또 다른 자아를 꺼내는 느낌으로 생활했었다. 이런 걸 보면 정말 나는 겉과 속이 다르고, 다른 사람이 나를 보는 시선을 중요하게 생각하는 사람인 것 같다.

또 친구는 내가 확신의 <집순이>라고 이야기했다. 집순이는 집에 있는 것을 너무 좋아해서 집에만 붙어있는 사람을 말하는데, 그 이유를 묻자 친구는 너는 집에 있는 것을 너무 좋아한다며 밖에 있을 때 입버릇으로 <집 가고 싶다.>를 남발하는, 공중제비를 돌면서 봐도 확신의 MBTI I(내향형)이라고 이야기했다. 그리고 실제로도 나는 INTJ로 집에 있는 것을 굉장히 선호하는 편이다. 나는 밖에 나가 친구를 만나야 할 때도 이틀 연속으로 약속을 잡는 것을 굉장히 꺼리는 편이다. 보통 친구를 만나 밖에서 놀다 보면 분명 재밌지만, 이후에 집에 오면 침대에 미동 없이 누워 녹초가 된 나를 볼 수 있다.

이렇듯 나는 외출을 딱히 좋아하지 않는 편이고, 만약 누군가가 세상에서 가장 친한 사물을 고르시라고 하면 무조건 침대를 고를 것이다. 집에 있을 때 침대에만 누워있다고 우길 수 있을 만큼 침대를 사랑하는 나는 혼자 놀기 장인이라고도 자부할 수 있다.

나는 평소에 드라마를 보거나 침대에 누워 친구와 통화하는 것을 좋아한다. 혼자 있을 때의 특유의 조용한 분위기를 좋아하기도 하고, 침대의 포근함과 따뜻한 이불을 더 좋아하기 때문에 친구가 뭐하냐고 물어보면 100중의 80의 답이 <침대에 누워있어.>이다. 그리고 보통 나는 친구와 서울에 놀러 가거나 어딘가로 오랫동안 나가서 놀다 보면 상대적으로 친구보다 빨리 지쳐서, 다리아파, 머리 아파, 하면서 꿍얼거린다. 물론 이런 아픔과 저질 체력은 아마 침대와 과도하게 멀리 떨어진 채로 돌아다녀 생긴 침대 중독 부작용일 것이라고 나는 생각하고 있다.

친구는 또 집순이일 때 내 모습과는 반대로 흥이 많아 텐션

이 과도하게 높을 때도 있다며 나를 디스했다. 하긴, 이 친구는 진짜 친한 친구니까 그럴 만도 하다. 나는 도서관에서 노래 들으며 책을 읽는 걸 좋아하고, 공부할 때 흥을 참는 것이 세상에서 가장 어려운 일이다. 노래방을 정말 사랑하는 사람으로서 절대 내가 흥이 없다고 할 수는 없겠다. 정말 기분이 좋고 그날따라 노래가 잘 불리는 날에는 족히 3시간은 넘게 노래방에만 틀어박혀 노래 부르는 것도 할 수 있다. 요즈음에는 코로나가 너무 심해져 예전처럼 자주 노래방에 가지는 않지만, 내일도 갈 예정이기에 내일은 무슨 노래를 부를지 지금도 머릿속으로 생각 또 생각하고 있다.

누가 뭐래도 노래방에 가면 가장 먼저 <tears>를 부르는 것이 내 성대에 대한 예의가 아닌가. 나는 나만의 노래방 철학이 있는데, 노래방에 가면 무조건 고음이 많은 곡부터 불러야 한다. 그래야 목이 긴장을 풀면서 이후에 잔잔한 곡도 잘 풀리기 때문이다. 보통 친구들과 밖에서 만나 노래방을 가면 내가 제일 신나서 뭐 부를까 생각하며 가는 길에도 노래를 흥얼거리곤 한다. 지금까지 차분한 척하던 것도 이제 다 뽀록 나겠지만, 어쩔 수 없지. 그게 사실이니까.

다른 친구의 말로는 친구로서의 나는 <공주 같고 귀여운 언

니>라고 답했다. 하지만 아마 이 답은 내가 그 친구를 세뇌해서 그런 것일 수도 있어서 믿을 수 없는 답변이다. 나는 평소에도 공주는, 공주가, 라는 식으로 나 자신을 높여 부른다. 그렇지만 그렇다고 해서 친구들을 시녀로 만드는 것이 아니다. 에뛰드 하우스에서처럼 그냥 공주 놀이를 하는 것이다. 나는 우리나라 공주, 친구는 이웃 나라 공주! 이게 굉장히 이상해 보이겠지만, 생각보다 꽤 재밌고 스스로 공주라고 지칭하다 보면 정말 내가 나를 존중하고 동시에 친구도 존중하게 된다. 내가 만들었지만, 정말 좋은 놀이 같다고 생각한다! 나도 좋고, 친구도 좋고. 일석이조이다!

얼마 전에는 친구 생일파티를 하기 위해 공주 놀이를 하기로 했었다. 다들 각자 자기가 좋아하는 모양과 색상의 드레스를 골라 진짜 공주 놀이를 하는 것이다. 그 덕분에 이쁜 옷을 입고 3명이 돌아가며 거의 3시간 가깝게 사진만 찍고 있었다. 모두 바닥에 바짝 누워 사진 찍느라 잠도 잘 자지 못했지만, 그다음 날 또 여행을 가야 해서 우리는 다시 누워 잠을 잘 수밖에 없었다.

또 친구는 친구로서의 나는 <고민을 잘 들어주는 친구>라고 답하였다. 친구는 나에게 고민에 대한 해결책을 내주는 이성적인 친구라고 말했습니다. 얼마 전에도 친구와 나, 그리고 다른 친구 사이에 다툼이 있었다. 친구 두 명을 A, B라고 두 겠다. 친구 A가 음식에 마스크를 떨어뜨려 마스크에 음식이 묻어 쓸 수 없게 되었다. A는 B와 나에게 마스크를 사다 달 라고 했고, 나와 B는 밥을 먹고 있어서 사다 주지 못했다. 그 때문에 A가 화가 나서 이후 나와 B를 일방적으로 피하였다. 그리고 A는 반 아이들에게 이 일을 말해 B가 상처를 입게 되 고, 나 또한 B를 보러 그 반에 갈 때마다 나를 보며 수군거리 는 아이들의 시선을 견뎌내야 했다.

하지만 그렇게 나와 B에게 상처를 준 A는 얼마 후 다시 우리 와 친하게 지내고 싶다면서 화해하자고 했다. 나는 그 당시 우리에게 큰 상처를 준 A에게 예전처럼 친해지기는 힘들겠 다고 말하는 것이 좋겠다고 판단했고, B도 그렇게 생각하고 있었다. 그래서 우리는 한동안 모른 척을 하였다. 하지만 이 후로 학원에서 계속 마주치게 되고, 방학이 지나면서 자연스 럽게 다시 친해졌다.

이렇듯 나와 친구는 우리만의 방식으로 자주 이런 문제를 해 결하곤 했다.

나는 내가 친구를 만날 때에도 그 친구가 나에게 어떤 사람인지에 따라 그 사람을 대하는 방법이 조금, 아니 많이 다른 사람이라고 생각한다. 학교에서 친구를 대할 때와 학원 또는 밖에서 만난 친구를 대하는 방법이 매우 다르다. 학교에서는 친하게 지내지만, 밖에서 친구가 나를 보면 나는 최선을 다해서 피한다. 만나면 같이 밥도 먹고, 짧아도 3분은 이야기를 나누어야 하는데, 나는 그것이 너무 귀찮았다! 어쩌면 사회 부적응자처럼 보일지 몰라도 그런 건 절대 아니다! 학교에서 친해진 친구에게 마음을 여는 경우가 그리 많지 않을 뿐이고, 그저 학교에서 그 친구에게 만들어져 있는 나의 이미지를 깨고 싶지 않기 때문이다. 학교에서 모범생 이미지를 쌓아왔다면, 학원에서의 나는 모범생보다 장난을 좋아하는 장난꾸러기에 더 가까울 테니 말이다. 아까도 말했듯이 나는 남에게 보이는 나의 이미지를 굉장히 중요시하는 사람이기 때문에 더더욱 그런 점이 있는 것 같다.

친구들에게 나는 어떤 친구인지 물어봤을 때 다 다르게 답하는 것을 보면 어쩌면 나는 많은 친구에게 각기 다른 인상을 주는 사람이라는 생각이 든다.

고독한 반장

앞에서 말했듯이 나는 안과 밖이 굉장히 다른 사람이고, 또 친구의 기준이 명확한 사람이다. 그런 나에게 학교라는 곳은 정말 적응하기 힘들고, 어려운 곳이다. 모르는 많은 사람과 힘들기만 한 공부를 하며 하루의 절반을 보내는 학교라는 곳은 너무 자유로운 영혼을 가진 나에게는 너무 답답하고 재미도 없다.

그래서 이런 재미없고 답답한 학교에서 버티는 방법으로 내가 고른 방법은 학교에서의 나에게는 새로운 자아를 부여하는 것이었다. 절대 내가 집에서 행동하는 대로 하지 않고, 또 조금이라도 남이 보기에 옳지 않은 행동은 절대 하지 않음으로써 학교에서 만나는 모든 사람에게 나에 대한 좋은 이미지를 심어주는 것이다. 이렇게 쌓아 올린 이미지는 이후 내가 무언가를 할 때 다른 사람이 나에게 가지고 있는 신뢰 때문에 하고 싶은 일을 수행하기에도 훨씬 수월해진다. 그래서 결론적으로, 학교에서 나의 이미지는 우리가 흔히 아는 <반장>의 이미지라고 보면 쉽다.

중학생이 되고, 모르는 아이들 사이에 끼어 의기소침해진 중학교 1학년의 나는 그래서 멋진 사람이 되겠다고 결심했다. 드라마나 영화에서 보면 보통의 반장들은 공부를 잘하고, 리더십이 있으며, 친구와 잘 어울리기까지 하는 그야말로 완벽한 학생의 이미지를 가지고 있다. 그런 반장의 이미지를 나에게 대입했지만, 계산에 오류가 있었는지 친구가 많은 반장이 아닌 공부만 하는 까칠한 범생이의 이미지로 출력되어버리는 바람에 친구 만들기에는 완전히 실패했다. 반 안에서는 세 명의 친구만을 두고 조용히 생활했으며, 그 덕분에 그 친구들에게 너무 많이 마음을 줘버려서 오히려 상처받는 일들도 생겼다.

어쨌든 학교에서의 나는 항상 반장이다. 반 친구들은 매일 교탁에 서서 아무도 들어주지 않는 말들을 외치는 고독한 반장이라고 했다. 고독한 반장은……, 슬프지만 맞는 것 같다. 내가 아무리 아이들에게 소리 지르고 앉으라고 부탁해도 우리 반 사랑스러운 아이들은 절대 내 말을 들어주지 않으니 말이다. 너무 사랑스러워서 깨물어 기절시키고 싶다! 어떤 아이들은 내가 칠판에 이름을 적거나 선생님께 말씀드리겠다고 하면 욕을 하거나 소리 지르기도 한다.

반장이 되어 처음 아이들에게 욕을 들었을 때는 정말 너무 큰 상처를 받고 어이가 없어서 일주일가량 고민하고 또 고민했다. 지금의 나라면 그러지 않았겠지만, 그땐 기어코 이유를 묻지 않고 마음속에 혼자 묻고 삭혔다. 그 덕분에 1학년의 나는 공부와 학교, 그리고 친구 문제로 여기저기 치이며 정말 우울하고 축 처져 있었다. 물론 다른 사람들은 알아차리지 못하게 밖에서는 아무 이상 없는 평범하고 밝은 학생으로 생활했다.

하지만 겨울방학이 지나고 2학년이 되었을 때는 1학년 때처럼 너무 극단적인 이미지가 아닌 평범하고 정돈된 이미지로 학교에 다니니 스트레스도 많이 줄고 훨씬 나아진 학교생활을 할 수 있었다.

여전히 고독한 반장은 맞지만, 이제는 괜찮다. 욕먹는 일에도 익숙해지고 나름 요령도 생겼다. 누군가 욕을 하면 나는 욕하지 말라고 말한 뒤 조용히 칠판에서는 이름을 지우고 내 노트에 이름을 적어 담임선생님께 보여드린다.

<얘가 저한테 욕했어요, 선생님. 저 마음에 상처를 많이 입었어요. 혼내주세요.>

그리고 이건 굉장히 쓸모가 있다. 짧으면 일주일, 길면 3주까지고 욕을 먹지 않을 수 있기 때문이다. 그렇지만 나름 욕먹는 것도 나쁘진 않다. 만수무강할 테니!

학교 친구들은 말 그대로 학교 친구이다. 학교에서 만나는 선생님을 밖에서 만났을 때 모르는 척하는 것처럼 학교에서 친해진 친구는 그러니까 쉽게 말해서 비즈니스 관계를 만드는 것이라는 말이다.

학교에서 나는 학교 친구들과 그 누구보다 친하고 행복하게 지내지만, 학교 밖에 나와서는 연락도 하지 않는 남이 된다.

그래서 친구들 사이에서 나는 아주 얇지만 높은 벽을 쌓는다. 한번은 반 친구 중 하나가 내가 이렇게 벽을 쌓는다는 것을 알고 나에게 서운하다고 이야기한 적이 있다. 그리고 나는 그 친구에게 미안하다고 해야 했다. 그렇지만 솔직하게 말해서 나는 그때 전혀 미안하지 않았다. 어차피 1년 동안만 연락하고 지낼 것을 알았기 때문이다. 그 이후로도 그런 친구가 생기게 되면 나는 최대한 친구가 원하는 대로 맞춰주곤 했다.

또 학교에서의 내가 어떤 사람인지 선생님들께 물으면 대부분 성실한 반장이라든가 착한 학생처럼 좋은 이미지로 나를 봐 주신다. 앞에서 언급했듯이 나는 중학교로 올라오며 정말 이미지 세탁을 했다고 해도 과언이 아닐 만큼 완벽한 학생의 모습을 하려고 참 많이 노력했고, 그 결과는 성공이었다! 선생님들께서는 나를 예쁘게 봐주시고, 잘 대해주신다. 그리고 덕분에 좋은 점도 많아졌다. 간식을 받는다든지, 학교생활에 어려움이 있을 때 조언을 얻는다든지, 뭐 그런 것들 말이다!

1학년 때는 선생님께 나이보다 차분해 보인다는 말도 들은 적이 있었다. 하지만 그때의 나는 그저 남에게 잘나 보이고 싶은 평범한 학생이었고, 공부, 친구, 그리고 미래에 대한 걱정은 속으로 혼자 하는 바람에 속은 썩을 대로 썩어 있었다. 공부에 대한 불안감과 걱정이 그중 8할을 차지했었고, 나쁜 생각도 많이 했었던 것 같다. 그리고 그때는 이런 불안감과 걱정을 어떻게 해결해야 할지도 잘 몰라서 항상 내가 문제라고 생각하고 되지도 않는 공부를 몇 시간씩 남아서 했다. 그렇게 무리를 해서 그런지 몸 상태도 많이 나빠지고 살도 많이 쪘었다.

6학년 때는 나름 또래에 비해 선행도 하고 공부 시간도 많은 나 자신이 너무 멋지다고 생각해서 공부가 재밌었다. 그런데 학원을 옮기고 중학교에 올라오자 나보다 훨씬 더 잘하고 성실한 아이들이 많이 보였고, 상대적으로 내가 너무 초라하게 느껴졌다. 또 내가 다니던 영어학원에서는 토플(TOFEL)이라는 영어 시험을 한 달에 한 번 보게 했었는데, 이 시험으로 인해 자존감이 더 많이 추락했었다. 남들은 60점 받아 울고 있을 때, 나는 40점대를 받아 울고 있으니 너무 슬펐다. 한번은 10시 반에 학원이 끝나고 혼자 놀이터에서 12시까지 울다가 집에 들어간 적도 있었다.

이 상태에서 지겹고 너무 싫은 학교로 매일 등교하다 보니 나는 항상 자퇴하고 싶다는 말을 입에 달고 살았고, 혼자 자퇴하는 방법을 오랜 시간 동안 알아보기도 했었다. 그렇지만, 그래도 학교에서는 그 누구에게도 내가 우울하다는 것을 들키지 않고, 착하고 바른 학생으로 1학년을 마쳤었다. 하지만 2학년이 되고 완전히 학교에 적응해서 이제는 학교에서 진짜 밝게 학교에 다니고 있다. 어쩌면 1학년 때의 나는 그저 새로운 환경에 빨리 적응하지 못했던 것이 아닐까.

작년에 비해 너무 좋아진 학교생활에 예전보다도 훨씬 잠을 잘 자고, 마음고생이 없어 나름 행복하다. 비록 집에서의 모습이나 친구들과 있을 때의 모습과 또 다르지만, 나는 학교에서의 내 모습도 이제는 만족하며 생활하고 있다. 학교에서 보낼 시간이 아직 많이 남았고, 힘든 일들은 또 생기겠지만, 지금처럼 충분히 잘 해낼 수 있을 거라고 믿는다.

반짝반짝 빵순이 2호

우리 집은 2남 1녀로 삼 남매이다. 그중 나는 유일한 딸을 맡고 있다. 오빠는 공부 잘하는 범생이, 그리고 머리 좋은 동생 사이에서 나는 평범한 두뇌와 외모를 소유하고 있는 빵순이 2호 역할을 맡고 있다. 왜 2호냐고 묻는다면, 먼저 우리 엄마가 원조 빵순이기 때문이다. 엄마와 나는 커피와 함께 먹는 빵을 정말 너무 사랑하기 때문에 맛있는 빵집을 찾아가 브런치 먹는 것을 좋아한다.

가끔 엄마는 네가 없었으면 어쩔뻔했냐면서 나에게 오빠와 동생 흉을 본다. 그래서 그런지 나도 우리 집에 내가 없었으면 어쩔뻔했나 하는 생각을 많이 한다. 엄마와 나는 보통 사소한 일들에 대해서도 많은 이야기를 나누고, 나는 이렇게 소소한 이야기를 나눌 수 있는 엄마가 있어서 고맙다.

집에서 유일한 딸이자 둘째를 맡고 있어서 나는 눈치가 빠른 편이다. 항상 칭얼거리며 엄마를 찾는 동생과 나에게 이것저것 시키며 나는 놀리던 오빠 사이에서 살아남기 위해서는 눈치가 정말 빨라야 했다. 우리 오빠는 공부는 정말 잘하지만, 생활에 관련된 부분에서는 아는 것이 별로 없고, 동생은 오빠보다는 조금 낫지만 그래도 아직 밥도 할 줄 모르는 바보이기 때문에 엄마 아빠가 같이 외출하시거나 집을 오랫동안 비우는 날에는 내가 오빠와 동생 밥까지 챙겨줘야 한다.

나는 유일한 딸이기 때문에 조금 무심한 우리 집 남자들과 다르게 엄마, 아빠께 애교도 부리고 나름 잘해드린다고 생각한다. 집에서의 나는 내 입으로 말하기에는 뻔뻔하지만, 삭막하고 차가운 우리 집의 공기를 밝혀주는 조명이랄까. 아! 조명이었지만 이제 우리 집에는 더 밝고 따뜻한 조명인 강아지 윈디가 왔으니 나는 (구)조명이라고 하자. 매일 밥도 안 먹고 집을 나가는 오빠와 반찬 투정을 하다가 밥상 공기를 서늘하게 만드는 동생과는 달리 나는 웬만한 반찬은 다 내 뱃속으로 통과시킨다. 그래서 엄마는 나에게 밥상 차리는 것을 보람있게 한다고 이야기한다.

보통 이런 역할은 막내가 한다고 하지만, 하루하루가 투정이고 불평인 우리 집 막내는 오직 외모와 막내라는 사실 하나만으로 막내 자리를 지키고 있다. 지금은 사춘기가 와서인지 엄마께도 많이 대들어서 나와 오빠의 심기를 건드리고는 하지만, 그래도 어엿한 우리 집 (구)막내이다. 지금은 윈디가 최고의 아름답고 귀엽고 착한 우리 집 막내다.

그러고 보니 이제는 윈디가 조명과 막내를 모두 차지했다. 이 글을 쓰기 전 가족 중에서 나를 보는 사람을 누구로 정할까 고민하던 중, 엄마가 이런 이야기를 했다.

"윈디가 너를 보는 시점으로 글을 써보는 건 어때? 꽤 귀엽고 재밌을 것 같은데."

최대한 객관적으로 집에서의 나를 보려니까 솔직히 조금 어렵고 어떻게 해야 할지도 잘 모르겠다. 윈디가 나를 어떻게

볼까 생각하면? 아마도 **뽀뽀** 귀신이 아닐까.

나는 동물을 정말 많이 좋아한다. 한때는 수의사라는 꿈을 꾸었을 만큼 사실 사람보다도 동물이 훨씬 좋다. 그래서 우리 집에 처음 윈디가 왔던 날, 너무 설레서 잠도 자지 못하고, 일어나자마자 달려가 윈디에게 **뽀뽀**를 퍼부었었다. 아마 그 때부터가 **뽀뽀** 귀신 전설의 시작이 아닐까. 이제 나는 윈디의 얼굴이 보일 때마다 나에게 올 때마다 붙잡고 **뽀뽀**한다. 정말 쉴 틈 없이 계속, 말이다. 힘든 날에 윈디를 붙잡고 **뽀뽀**하면 강아지 특유의 꼬순내가 나를 진정시키는 기분이라서, 정말 좋다. 그리고 그런 나를 보는 엄마와 아빠는 도대체 왜 강아지 꼬순내가 좋은 거냐며 목욕이나 시키라고 한다. 그렇지만 정말 좋은 걸 어쩌나!

동생이 보는 나는 잔소리 많고 시키는 것만 더럽게 많은 귀찮은 누나일 것이다. 그리고 실제로 나는 큰 심부름은 시키지 않지만, 집에서 하는 잔심부름은 가끔 시키는 편이다. 뭐, 예를 들자면, 내 방 불을 꺼라, 내 방 에어컨을 켜 놔라 같은 사소한 것들 말이다.
그리고 또, 아마 동생에게 나는 돼지 같은 이미지가 아닐까.

평소에 한 그릇을 푸짐하게 먹는 것도 힘들에 하는 동생과는 달리 나는 한 그릇은 기본이고 두 그릇도 먹고 그 후에 디저트까지 야무지게 먹을 수 있다. 또 나는 식전 빵을 먹고 나서 식후 빵까지 먹을 수 있다. 동생은 살이 너무 안 쪄서 고민이라면, 나는 살이 찌기 싫어도 찌니 문제다. 그러니 당연히 동생에게 나는 돼지처럼 보일 것이다.

또 머리가 좋아 어떤 과목이든 잘하는 동생과 문과적인 과목에만 소질이 있는 나는 정말 다르다. 생각하는 방식도, 생활하는 방식도 아주 다르다. 동생과 나는 정말 맞지 않고, 어렸을 때부터 많이 싸웠지만, 지금은 내가 많이 참고 살고 있다. 솔직히 나와 동생은 아까도 말했듯이 떵치 차이가 꽤 난다. 고작 1살 차이밖에 나지 않지만, 동생과 나는 20센티미터, 20킬로씩 차이가 난다. 그래서 아마 내가 동생을 때리면 동생이 아주 크게 다칠 수 있어서 나는 내 안에 있는 파이터 본능을 나름 누르고 동생과 평화로운 생활을 하고 있다.

저번에 동생에게 나는 너에게 어떤 누나이냐, 물었을 때, 동생은 나에게 딱 한 마디를 남겼다.

"누나는 누나지."

조금 열 받지만 맞는 말이다. 나는 좋은 누나도, 나쁜 누나도 아닌 그저 그럼 평범한 누나이다. 동생에게 나는, 그냥 누나인 것이다.

오빠는 나에게 바보라는 말을 많이 한다. 오빠는 우리 가족 중 유일하게 나와 MBTI가 같은 사람이지만, 신기하게도 나와 가장 다른 사람이다. 오빠는 공부를 정말 잘하고, 또 흥미를 느끼고 집요하게 오직 공부만을 판다. 반면, 나는 도저히 공부에는 정말로 소질이 없어서 고민이다. 시험을 보면 오빠는 자신이 공부한 것에 10% 정도를 더 받아서 결과를 낸다고 했을 때, 나는 -50%라고 하면 딱 알맞은 비유라고 할 수 있을 것이다. 아마 그래서 더 오빠 눈에는 내가 바보처럼 보일 수도 있을 것이다.

그래도 은근 오빠와 나는 웃음 코드가 잘 맞는다. 무언가 재밌는 것을 보면 공유하면서 재밌게 논다. 그래서 다른 집들보다는 사이가 좋은 편을 유지하고 있는 것이 아닐까 하는 생각이 든다. 아까 말했듯이 오빠와 나는 성격이 비슷하다. 그래서 그런지는 모르겠지만, 오빠 역시도 사람보다는 동물을 좋아하는 편이다. 정말 많이 다르지만, 비슷한 오빠는 나에게 부러움의 대상이자 멋있는 사람이다!

마지막으로 아빠 얘기를 해보려고 한다. 아마도 아빠에게 나는 똑 닮은 딸이 아닐까? 친구들이든, 선생님이든, 그냥 아는 지인이든, 나를 아는 사람이 아빠 사진을 보면 정말 똑같이 생겼다고 말한다. 그리고 실제로도 나와 아빠는 꽤 많이 닮은 편이다. 눈 위에 진하게 자리 잡은 쌍꺼풀이나, 꼭 달걀형은 아닌 어쩌면 조금은 네모난 얼굴형도 그렇다. 나와 아빠는 정말 많이 닮아있다.

아기들이 처음 태어났을 때 모성애가 강한 엄마보다 상대적으로 부성애가 약한 아빠를 닮아 태어난다는 말이 있다. 그런데 나는 처음 태어났을 때는 엄마를 정말 많이 닮아 정말 내가 봐도 이뻤었다. 하지만 크면서 나는 점점 아빠를 닮아가고 있다. 그래서 그런가. 요즈음 아빠는 나에게 더더욱 잘해주고 있다. 그래서 나 역시도 아빠에게 잘해주면서 스리슬쩍 선물을 요구하곤 한다. 이럴 때만 잘 굴러가는 내 머릿속의 맷돌은 어쩔 수 없나 보다.

또 아빠와 나는 많이 닮은 만큼 입맛도 비슷하다. 아빠와 나는 매일 아침을 꼭 먹어야 하는 아침쟁이다. 엄마나 오빠, 동생은 아침을 대충 때우거나 아예 거를 때도 많지만, 나와 아빠는 꼭 무슨 일이 있어도 아침은 챙겨 먹는다. 아빠가 있어서 참 다행이다.

나는, 나!

나는 나라는 사람을 썩 좋아하지는 않는다. 누가 나를 좋아한다고 고백한다면 나는 왜 나를 좋아하냐고 물을 것이다. 그만큼 나는 다른 사람이 나를 좋아하는 것에 대해서 이해하지 못하고, 또 그들이 주는 사랑에 확신을 갖지 못하는 경우가 많다. 이렇게 말하면 앞에서 말한 나의 모습과 너무 다르다고 느끼는 사람들이 대다수일 거다. 하지만 그것들은 내가 만든 이미지이고, 내가 보는 나는 그렇다.

집에서 사랑을 주지 않는 부모 밑에서 자란 것도 아니고, 친구가 없어서 항상 외로운 것도 아닌데 나는 아직도 자존감이 그리 높지 않다. 거울을 보면 단점들만 눈에 띄고, 공부하다가 막히면 무조건 머리 탓을 하는 버릇이 있다. 나는 자존감은 높지 않지만, 그렇다고 남이 보기에도 자존감이 부족해 보이는 사람은 아니다. 내가 보는 나는 그렇다.

또, 나는 날씨 같은 사람이다. 맑은 날에 뜬금없이 소나기가 내리듯, 나는 가끔 엄청 행복하다가도, 불쑥 안 좋은 생각이 들곤 한다. 나는 감정 기복이 심해서 혼자 우울해하기도 하고, 가만히 있다가 웃긴 생각이 나서 혼자 시끄럽게 웃기도 하며 힘든 일이 있으면 뜬금없이 소리를 지르기도 한다. 그래서 계속 변하는 날씨 같은 사람이라고 나는 생각한다. 나는 좀 이상하다. 비 오는 것은 싫지만, 장마철 특유의 흙냄새나 분위기를 좋아한다. 나는 항상 비가 오면 친구들에게 이런 이야기를 하고는 한다.

"뽀송한 비가 내렸으면 좋겠어."

비가 오면 공기가 습해지고 옷이 눅눅해지는 것이 당연한데, 내가 생각해도 이상하다. 내가 말하는 뽀송한 비는, 바람이 불지 않고 일자로 떨어지는 비를 말한다. 또, 눈이 올 때처럼 습하지 않고, 옷이 눅눅해지지 않는 그런 비 말이다. 아마 이런 이상한 발상이 내 머릿속에서 나오게 된 데에는 수많은 드라마 속 비 오는 날, 창문에 걸터앉아 노래를 들으며 책을 읽는 잘생긴 남자 주인공이 한몫한 게 아닐까.

나는 보통 여러 가지 흥미로운 상상을 하며 쉬는 시간을 보내곤 한다. 나는 상상하는 것을 즐기고, 또 좋아한다. 남들도 다 하는 상상일지는 몰라도 나는 여러 가지 상상을 한다. 예를 들어, 어느 날 갑자기 지구가 없어진다면, 사람은 정말 화성에 가서 살 수 있는 것일까, 홍수가 나서 학원 건물에 갇히게 되면 집에 가지 못하니, 그 시간에 무얼 하고 지낼지, 또 여행 계획을 세우다가 지하철 노선을 잘못 타서 반대 방향으로 가게 된다면, 그리고 거기서 좀비 떼가 나타난다면 같은 생각들 말이다. 그래서 나는 항상 지하로 내려가는 계단을 내려갈 때 경계를 늦추지 않는다. 언제 좀비가 나타날지 모르니 조심해야지!

또 나는 사람들의 관심을 받는 것을 굉장히 즐기는, 흔히 말하는 일명 <관종>이다. 그래서 학교나 학원, 모임에서 나서는 일을 하는 경우가 많고, 또 대표들이 모여서 회의하는 자리를 좋아하는 편이다. 아이러니하게도 나는 관심 받는 것은 좋아하지만, 너무 많은 사람이 관심을 가지면 오히려 부끄러워 다시 쳐다보지 말라고 하는 소심한 관종이다. 그래서 나는 항상 반장을 하거나 부반장을 해왔고, 친구들 사이에서 무언가 결정을 내려야 하는 일이 있을 때, 먼저 목소리를 내려고 노력하는 편이다.

또 나는 친구를 너무 좋아하는 사람이다. 나는 친구가 많지 않다. 정확히는, 친구 관계에 대해서 나만의 철학을 가지고 있어서 진짜 친구와 가짜 친구를 나누어 보곤 한다. 나에게 있어서 진짜 친구는 딱 두 명밖에 없다. 내가 힘들 때 가장 먼저 생각나는 사람이자 그 존재만으로도 편안함을 주며, 내가 기쁠 때 같이 웃어주고, 슬플 때 같이 울어주는 그런 친구. 내 옆을 떠나지 않고, 멀리 있어도 가까이 있는 것 같은 느낌을 주는 친구가 진짜 친구라고 나는 생각한다. 그래서, 나는 내 소중한 이 두 명의 친구들에게는 열심히 내가 할 수 있는 최선을 다해서 잘하려고 노력한다. 살면서 절대로 사이가 나빠지고 싶지도 않고, 나중에 할머니가 돼서도 노인정에서 파전을 부쳐 먹으며 함께 떠들 수 있는 친구 말이다. 이렇듯 나는 친구에 대한 나만의 생각이 너무 완고해서 원래 있던 친구

외에 다른 사람이 내 진짜 친구 범위 안으로 들어오는 것을 어려워한다.

그래도 나는 친구가 너무 좋다. 진짜 친구가 아니라 적당히 친한 친구여도 친구들과 함께 이야기하며 보내는 시간은 항상 즐겁다. 나는 원래 귀차니즘도 엄청 심하고, 그만큼 잠도 엄청 많은 편이다. 시험 기간이 끝나서 학교에서 선생님들께서 영화만 틀어주시면 1교시부터 5교시까지 쭉 잠만 잔다. 중간에 잠깐 일어나서 간식을 먹고, 또다시 6교시부터 7교시까지 잠을 잔다. 가끔 이동수업이 없어서 내가 잠을 잘 수 있는 날에는, 내가 깨서 고개를 들고 있으면 반 친구들이 오랜만에 보는 것 같다면서 장난을 칠 정도다. 이렇게나 잠이 많은 내가 눈을 뜨는 두 가지 경우가 있다. 첫 번째는 내가 좋아하는 드라마가 나오는 시간이고, 다른 한 가지는 친구가 놀자고 전화했을 때이다. 그만큼, 친구는 나에게 소중하고 꼭 필요한 존재이다.

나는 또한 먹는 것을 정말 사랑하지만, 또 동시에 옷을 좋아해 고통받는 사람이다. 이게 무슨 말이냐면 나는 먹는 것을 너무 좋아하고, 앞에서 말했다시피 빵과 밥을 좋아하는 탄수

화물 킬러이다. 한마디로, 다이어트에는 최고로 좋지 않은 식성을 가졌다는 뜻이다. 이번에 아빠가 나에게 이런 이야기를 했었다.

"현아, 5킬로 빼고 2주 동안 유지하는 데 성공하면 아빠가 50만 원 줄게."

그때 아빠는 술을 먹고 그냥 한 이야기였겠지만, 나는 그때 아빠와 정식으로 약속했고, 무려 한 달 반 정도에 걸쳐서 5킬로 감량에 성공했다. 원래 좋아하는 카페라테와 밀가루를 줄이고, 아메리카노와 자연식으로 식단을 완전히 바꾸었다. 그리고 그 한 달 반 동안, 나는 죽지 않을 만큼 먹고, 죽을 만큼 운동을 했다. 이제 다이어트가 끝나고, 유지만 하면 되는데 나는 이제껏 먹지 못했던 일반식을 하며 다시 1킬로씩 쪘다, 빠지기를 반복하고 있다. 5킬로 빠졌을 때, 나는 전에는 맞지 않던 바지가 맞아서 기분이 좋았고, 치마허리가 남아서 기분이 더 좋았다. 덕분에 그동안 입지 못했던 옷을 열심히 입고 다녔다.

나는 항상 왜 사람은 맛있는 것을 먹으면 살이 찔까 하며 슬퍼한다. 맛있는 걸 먹고 운동을 하면 된다고는 하지만, 운동은 너무 힘들어서 더 하기 싫어진다. 내 인생 속 최고의 난제는 아마도 <맛있는 걸 다 먹으면서도 살이 찌지 않는 방법>일 것이다.

남들이 보는 나와 내가 보는 나에 대해 글을 쓰다 보니 나도 모르게 나에 대해서 다시 돌아보게 되었었다.

결론을 말하자면 나는 다른 사람이 어떻게 보든지, 내가 나를 어떻게 보든지 그냥 나는 나인 것 같다. 세상에 나와 똑같은 사람은 존재하지 않으니까.

자존감이 낮든, 살이 찌든!

친구를 사랑하고, 가족을 사랑하는 나
빵과 뽀송한 비를 좋아하는 나

나는, 그냥 나이다.

나는 책 읽는 것을 좋아한다. 그리고 책방에 가면 느껴지는 낡은 책 냄새도 좋아한다. 몇 년 전에 하늘에 떠 있는 커다랗고 알록달록한 열기구를 보았다. 인제 보니 나는 쨍한 색감의 풍선도 좋아하는 것 같다.

나는 좋아하는 것이 참 많다. 무엇보다 글을 쓰는 것이 재밌고, 이렇게 처음으로 30페이지 가까이 되는 글을 쓰는 과정에서 잠을 자지 못하고 새벽 내내 글을 썼지만 그래도 피곤을 느끼지 못할 만큼 좋았다.

이 짧지만 긴 글을 쓰며 여러 가지 감정을 한 번에 느끼게 되었다. 남들에게 보이는 나와 내가 보는 나에 대한 확연한 차이가 보여서 신기하면서도 재미있었다. 또 여러 가지의 내 모습을 나름대로 분석하면서 어떤 모습이든, 나는 자신을 미워하지 말고, 자신을 사랑해야 한다는 것을 깨닫게 되었다.

내가 어른이 되어 이 글을 다시 읽을 때는 내가 나를 진심으로
사랑하고 있었으면 좋겠다.

강현, 파이팅!

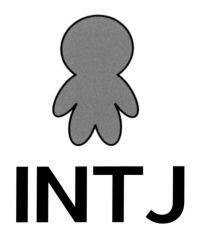

INTJ

매우 독립적인 성격으로

다른 사람의 기대를 따르기보다는

자신만의 아이디어를 추구합니다.

★ 모순이 가득한 성격입니다. 상상력이 넘치면서도 결단력이 강하고, 야망이 넘치면서도 차분하고, 호기심이 많으면서도 집중력이 높기 때문입니다.

★ 업무에 자신의 모든 통찰력과 논리력과 의지를 쏟아부으며, 불필요한 규칙을 설정하거나 쓸모없는 비판을 제기하면서 자신을 방해하는 사람에게는 가차 없는 모습을 보입니다.

★ 지나치게 비판적은 성격으로 모든 것에 의문을 제기합니다. 생각과 감정에 관해 자기 통제력이 강합니다.

★ 직함이 별 의미가 없으며, 자신보다 덜 지능적이라고 생각하는 관리자에게 복종하는 데 어려움을 겪습니다.

★ 자신이 갈망하는 독립성이 없어도 창의성과 독창성을 발휘하여 책임을 확장하고 전문 지식을 개발할 수 있습니다.

석윤하

저는 현재 중학교 3학년입니다. 그리고 저는 평소에 방에서 가만히 앉아서 팝송 모음집을 듣는 것을 좋아합니다. 그리고 밤에 가족들과 산책하러 나가는 것도 좋아합니다. 달달한 음식도 좋아하지만, 그만큼 매운 음식도 좋아합니다.

윤하의 나와 나!

야, 나는 어떤 친구야?

저는 가끔 살아가다 보면 아무 생각 없이 나와 편하고 재밌게 이야기를 나누는 친구들이 날 어떻게 생각하고 있는지에 대해 궁금할 때가 있습니다. 그래서 그 궁금증을 지금 해결해보려고 합니다.

먼저 저는 처음으로 저와 가장 오래된 6년 지기 친구 A가 있습니다. 이 친구는 저와 오래된 만큼 정말 가족처럼 같이 있으면 편하고 언제 만나도 얘기할 거리가 생겨나고 말을 하지 않아도 어색하지 않을 만큼 가까운 사이의 친구입니다. 하지만 6년 동안 이야기해왔던 수많은 주제 중에서 친구 A가 나를 어떻게 생각하는지에 대해 생각은 해본 적이 없었습니다. 친구 A가 나를 어떻게 생각하는지 내가 어떻게 그 친구에게 비춰지고 있는지 나는 친구 A에게 어떠한 사람인지 궁금해져서 한번 질문을 해봤습니다.

"야, 너는 내가 어떤 거 같아?"
"음, 너랑 같이 지낸 지 오래돼서 그런가. 너랑 같이 있으면 편한 것 같아 내가 하는 이야기에 항상 웃어주면서 말을 이어가 줘서 말하기도 편하고 심심하거나 좀 속상할 때 너랑 만나면 다 잊을 만큼 정말 가족 같은 편한 사람인 것 같아"

친구 A는 오랫동안 알던 사이만큼이나 정말로 서로가 편한 사이여서 너무 당연한 말 같이 들릴 줄 알았는데 막상 이 답을 들으니까 다행이라는 마음이 들었습니다. 왜냐하면 저는 이 친구 A에게 정말 편하게 다가간 만큼 그 친구 A도 나를 편하게 생각해 주길 바랐던 거 같기 때문인 것 같습니다.

다음으로 4년 동안 알고 지내던 정말 엄마보다 더 잔소리를 많이 하는 친구 B가 있습니다. 이 친구는 6학년 때부터 알고 지낸 사이인데 지금은 매우 친하지만, 옛날엔 정말 많은 갈

등과 성격 차이와 다른 반으로 인한 연락 두절로 많은 일이 있었는데 그런데도 서로를 이해해주고 정말 많은 배려심과 맞춰주는 성격을 가진 사람이라 서로를 알고 이젠 둘도 없는 친구입니다. 이 친구 B에게도 똑같은 질문을 해보았습니다.

"야, 너는 내가 어떤 거 같아?"
"너는 뭔가 조용한데 다가가서 말을 걸고 싶은 느낌이 있고, 사람을 자기 주변으로 모이게 만드는 묘한 분위기가 있는 거 같아. 아, 그리고 제발 거절할 거면 딱 잘라서 거절해 넌 항상 거절을 잘하지 못하더라?"

역시나 마무리는 잔소리일 줄 알았습니다. 사실 처음 친구 B 와 얘기를 나누게 된 것도 친구 B가 먼저 말을 걸어줘서이고, 거절을 못 하는 건 사실인 것 같습니다.

다음으로 올해 같은 반이 돼서 처음으로 같이 다닌 무리에 속해있는 친구 C, D, E에게 물어봤습니다. 친구 C는 리듬 게임 하는 걸 좋아하고 귀여운 걸 좋아하는 친구이고, 친구 D 는 안경 때문에 진짜 예쁜 눈이 감춰져서 렌즈를 끼고 싶어 하는 친구입니다. 그리고 친구 D는 춤추는 걸 좋아하고 매우 자기관리를 잘하는 친구입니다. 이 친구들은 안지 얼마 되지 않아서 저의 첫인상을 물어봤습니다.

"얘들아, 나 첫인상 어땠어?"

그러자 모두 비슷한 말을 해줬습니다.

"음, 처음에는 엄청 조용해서 되게 차가운 도시 여자 같고 지적일 것 같았는데 은근히 부드럽고, 얘기도 잘해주고, 모든 말에 다 웃어줘서 편한 사람 같았어."

처음에 조용하다는 말은 정말 어디를 가나 빼먹질 않는 것 같습니다. 사실 제가 낯을 엄청나게 가려서 어디를 가나 되게 조용하다는 소리를 많이 들어서 어렸을 때는 얘기도 좀 하라는 말도 엄청나게 듣고 부모님이 친구들이랑은 잘 어울리고 다니는지 걱정하시는 마음도 느껴져서 마냥 속상하기만 했는데 지금은 그저 나의 성격인 걸 받아드리고 조금씩 고쳐보고 노력하려는 마음으로 바뀌어서 나아지고 있습니다.

다음으로는 같은 반이 된 적은 한 번도 없지만, 중학교 3년 내내 같은 자율 동아리로 연을 만들고 있는 친구 F가 있습니다. 이 친구는 키가 매우 작고, 말을 잘하고 다른 사람들의 말에 공감을 잘해주는 친구이면서 객관적으로 생각하고 말해주는 친구입니다. 사실 친구 F와는 이어질 만한 일들과 상황도 없었는데 처음에 나왔던 6년 지기 친구 A를 통해서 알게 된 친구입니다. 서로 조용하고 가만히 있는 걸 좋아하지만 은근히 노는 걸 좋아하는 성격이 잘 맞아서 지금까지도 잘 지내고 있는 친구입니다.

" 야 넌 내가 어떤 거 같아?"
"음, 너는 배려를 되게 잘해주는 거 같아. 근데 너는 다른 사람들에 대한 눈치가 빠른데 너에게 일어나는 일에 대해선 눈치가 없어서 옆에서 챙겨주고 싶은 사람이기도 해."

저는 이 친구와 처음으로 서로에 대한 생각을 알게 되었는데 마냥 아무 생각도 안 하고 쉬는 시간마다 놀던 친구가 저를 세세하게 생각해주고 있었다는 느낌을 받아서 좀 놀랐습니다.

다음으로 저와 5년 동안 알고 지내고 있지만, 지금은 만나지는 않고 연락만 자주 하는 친구 G에게 똑같이 질문을 해봤습니다.

"야, 너는 내가 어떤 거 같아?"
"오, 갑자기? 음, 딱히 생각해 본 적은 없는데 뭔가 가끔 무슨 생각을 하고 있는지 궁금하게 행동해서 너를 알고 싶어도 다 알 수 없는 이상한 아이인 것 같아."

이 친구도 전혀 예상하지 못한 답변을 해줬습니다.

"무슨 말인지 이해가 잘 안돼."
"너는 뭔가 자신만의 개성처럼 너만의 분위기가 있는데 그게 다른 사람을 편안하게 만들어줘. 재밌게 말을 잘 들어주고 조언해 줘서 보기보다 생각을 잘하는 친구하고 생각해."

그러고 보니 이 친구랑은 서로 고민을 자주 말하고, 친구끼리 일어날 수 있는 갈등에 대해서 서로 조언해주고 들어주는 친구입니다.

다음으로 5년 동안 알고 지낸 운동을 좋아하고 잘하는 친구 H가 있습니다. 이 친구는 초등학교 5학년 6학년을 같은 반으로 지낸 친구인데 중학교 때 서로 다른 중학교로 가게 돼서 지금은 가끔 연락하는 사이입니다.

"야, 너는 내가 어떤 거 같아?"
"음, 너는 항상 고민 없이 밝은 아이인 거 같아. 어딜 가나 잘 지내고 부담 없이 얘기할 수 있는 친구."

이 친구와는 만난지 2년은 넘게 지났기 때문에 지금의 나보다는 어렸을 때, 즉 옛날의 나를 말하는 것 같습니다. 그리고 이 친구는 항상 모든 걸 긍정적으로 생각하고 말하는 친구이기 때문에 이런 말들을 해준 것도 없지 않아 있는 것 같습니다.

마지막으로 친구 I에게 물어봤습니다. 이 친구는 정말 감수성이 풍부한 친구인데 그래서 자주 이 친구의 고민을 들어주기도 합니다.

"너는 내가 어떤 애인 거 같아?"

"넌 약간 무뚝뚝하면서도 사람 말에 공감을 잘 해줘서 차갑지만 따뜻한 느낌이 있는 조용한 애인 거 같아. 그리고 엄청 보수적이고 거절을 잘 못 하는 애야"

이 친구와는 싸운 적이 한 번도 없지만 서로 얘기를 많이 하지는 않는 사이의 친구입니다. 이 친구와는 친구의 친구를 계기로 친해진 사이입니다. 다른 반이기 때문에 가끔 연락하거나 학교 복도에서 만나면 반갑게 인사하는 정도의 사이이지만, 저를 많이 믿어줘서 스스럼없이 고민을 털어놓는 마음이 약한 친구입니다.

가끔 친구들과 여러 가지 주제로 이야기를 나누다 보면 그에 맞지 않는 감정들까지 서로 나누게 되는 것 같습니다. 그래서인지 친구들과의 대화에선 알 수 없는 서운함과 속상함이 같이 느껴지기도 합니다.

저에게 친구들이란 마냥 같이 놀기만 하는 사이가 아니라 서로의 사춘기 시절을 함께 보냄으로써 서로의 감정들을 더 솔직하게 표현할 수 있고 얘기하고 싸우더라도 다시 웃고 떠들고 함께 공부할 수 있는 앞으로의 사회생활에 좋은 <시작 버튼>이 되어주는 그런 존재라고 생각합니다.

나를 잘 알 수 있는 사람들이라고 생각하면서 친구들에게 나를 어떻게 생각하는지 인터뷰해보았습니다. 그 친구들도 모두 성격과 가치관이 다르기 때문에 내가 보여주고 싶은 모습들이 친구들에게는 다르게 느껴지고 받아드릴 수 있다는 걸 알게 됐습니다.

저는 친구들이 적어도 저와 있을 때는 학생일 때 받을 수 있는 여러 가지의 스트레스를 떠올리지 않았으면 좋겠습니다. 또, 편하게 놀 수 있지만, 저를 보면서 어떤 것 하나라도 배울 수 있고, 힘들 때 좋은 쪽으로 마음가짐을 가지게 할 수 있는 좋은 친구로 남고 싶습니다.

알고 보면 허당인걸

다음으로 학생일 때 가장 많이 있는 학교에서의 저는 누구보다 평범하지만, 조용히 나서는 걸 좋아하는 학생입니다.

먼저 저는 첫 번째로 학교를 시험을 치고 공부하고 쉬는 시간엔 친구들과 재미있게 노는 일반적인 루틴으로 돌아가는 곳이라고만 생각하지 않습니다.

학교에서 하는 다양한 활동들 속에서 자신만의 개성을 보여주고 여러 친구를 사귀면서 서로서로 자유롭고 자연스럽게 웃고 배울 수 있는 유일한 곳이라고 생각합니다.

저는 친구 편에서 봤다시피 낯을 많이 가리고 조용한 사람이지만, 학교에서는 학교 내에서 학생들끼리 만들어서 사람들 앞에서 공연도 하고 좋은 경험을 할 수 있는 동아리에 들어갔습니다. 또 3학년이 되어서는 부장 역할도 맡고 있습니다. 그만큼 학교에서만큼은 뭔가 많이 해보고 싶고, 해보려고 노력하고 있습니다.

그런데 이렇게 내가 나 스스로 하고 싶은 일들이 점점 생기고 하게 되면서 마냥 즐겁기만 하던 학교생활에 견뎌야 할 문제점들이 생겼습니다. 한동안 쉬는 시간마다 해야 할 일이 있어서 친구들과 이야기하지 못했는데, 나중에 친구들이 하는 얘기의 중간에 낄 수도 없고 신경 쓸 겨를도 없어지다 보니 점점 더 어색해졌던 적이 있었습니다. 그리고 시험 기간에 피곤해서 방과 후 동아리 수업에 빠지고 싶다는 생각이 너무 들었지만, 제가 부장이라 빠지면 선생님과 새로 들어온 후배들에게도 안 좋은 모습으로 보일까 봐 참고 가야 하는 일들이 생겼습니다.

학교에서 이렇게 열심히 지내다 보면 많은 선생님과 다양한 학교 친구들을 만나보게 됩니다. 각각 다른 위치에 있는 사람들을 만나게 되니까 제 모습도 조금씩 바뀌게 됩니다.

저는 학교 선생님들과 아주 친한 편은 아닙니다. 밝은 성격은 아니지만, 학교 규칙을 어기지 않고 주어지는 일들을 책임감 있게 해오기 때문에 믿을 수 있는 학생으로 보입니다. 또 학교 친구들에게는 항상 할 일이 많고 같이 이야기하고 놀지 못하니까 공부를 잘하는 친구의 이미지도 있습니다. 마지막으로 후배들에게는 실수를 자주 하지만 잘 챙겨주는 선배, 언니로 보이는 것 같습니다.

후배들에게 물어보니까 다들 첫인상은 무뚝뚝하고 진지할 것 같았는데, 알고 보니까 한마디로 인간미 많은 선배 같다는 답변이 많았습니다. 언젠가 앞에 나와서 설명할 때 말을 좀 더듬어서 당황한 적이 있었는데, 아마 그때 이후로 그런 이미지로 바뀐 것 같습니다.

이렇게 학교생활을 잘하는 중에도 학교 친구들이랑 싸운 적이 있었습니다. 저는 언니가 한 명 있는데 언니랑 찍은 사진을 카톡 프사에 올린 적이 있었습니다. 학교 친구들이 그 사진을 보고 막 너 남자친구 생겼냐고 엄청나게 물어봤습니다.

제가 그걸 언니한테 말하니까 언니가 웃으면서 말했습니다.

"한번 맞다고 해 봐."

마침 그날이 주말이라 남친 맞다고 친구들에게 장난을 치고, 다음 날 학교에서 진실을 말하려고 했습니다. 그렇게 말을 하고 학교에 갔는데 아니나 다를까 다들 와서 다시 묻더군요.

"이 사람 우리 언니야. 언니랑 같이 놀러 가서 찍은 사진이야, 미안."

대부분은 웃어넘겼지만, 어떤 친구 한 명이 오해하는 바람에 단단히 화가 나는 상황이 됐습니다. 전 그때 그 자리에 없어서 상황을 잘 몰랐고, 그 친구에게 평소처럼 몇 번 장난을 쳤는데 그 친구는 저를 무시했습니다. 그래서 저는 살짝 이상한 느낌이 든 채로 집에 왔습니다. 그러자 그 친구에게서 연락이 왔습니다. 서운하고 화가 난 이유는 말해주지 않고 그냥 화가 난 티를 내더군요.

"무슨 말을 하고 싶은 건지 정확하게 말해주라."

저는 그 친구와 다른 반이고, 어떤 오해가 있었는지 잘 모르기 때문에 무작정 미안하다고 할 수밖에 없는 상황이었습니다. 그래서 저는 그 친구와 같은 반인 친구한테 물어봤습니다.

"혹시 000이 왜 화났는지 알아?"
"아, 네가 연애하는 걸 직접 너한테 안 듣고 다른 애한테 전해 들어서 배신감 느낀 것 같아"

저는 그제야 화가 난 이유를 알게 되었고, 제가 먼저 사과해서 오해가 풀렸습니다. 물론 지금은 그 친구와도 잘 지내고 있습니다.

또 한 번은 정말 어이없는 이유로 일을 저지른 적이 있습니다. 저는 학교에 들어가면서 절대 지각하지 않겠다고 마음먹었고, 지금까지 잘 지키고 있었는데 얼마 전 처음으로 무단 지각을 했습니다.

그냥 늦은 것도 아니고 무단 지각을 하게 된 이유는 늦잠 때문입니다. 저는 항상 알람을 맞추고 자는데, 못 맞추는 날에는 엄마가 출근하는 소리를 듣고 일어나서 빨리 준비하고 등교했습니다. 그런데 그날은 알람을 안 맞췄는데, 아빠는 쉬는 날이고 엄마도 늦게 출근하는 날이었습니다. 저는 그런 줄도 모르고 계속 자고 있었습니다. 그런데 갑자기 엄마가 다급하게 부르셨습니다.

"학교 안 가니?"

저는 평소처럼 일어나면서 오전 8시인 줄 알았습니다. 그런데 시계를 보니 오전 10시였습니다. 저는 정말 당황해서 휴대폰을 봤는데 연락이 엄청나게 와 있었습니다. 학교 선생님, 학교 친구들의 부재중 전화가 잔뜩 쌓여 있었습니다. 저는 바로 담임 선생님께 연락했습니다.

"선생님 저 방금 일어났어요. 최대한 빨리 준비해서 갈게요."

오전 10시 10분이면 2교시 수업이 끝나기 20분 전인데 학교까지 가는 데 10분 걸리니까 10분 안에 준비해서 쉬는 시간에 도착하는 게 좋겠다 싶어서 최대한 서둘러 준비했습니다. 저는 그 당연히 부모님께서 화가 났을 거로 생각했습니다. 그래서 조심스럽게 인사를 했는데 아빠께서 방에서 나오시면서 다정하게 말씀하셨습니다.

"조심해서 갔다 와."

다행이라고 생각하면서 학교에 갔는데, 친구들이 몰려오더니 질문을 쏟아 놓았습니다.

"야, 너 왜 늦었어? 늦잠 잤어?"
"야, 내가 너한테 얼마나 전화했는데. 난 또 오는 길에 사고 난 줄 알았잖아."
"야야, 왜 늦었어?"
"왜 이제 와?"
"지각 한번 한 적 없던 애가 갑자기 무단 지각을 해버리니까 놀랐잖아."

다들 걱정해줘서 고마웠지만, 저는 정말 이 일을 겪고 나서 두 번 다시는 절대로 지각하지 않겠다고 마음먹었습니다.

학교에서는 공부도 공부지만 정말 많은 활동도 하고, 많은 일이 일어나는데 그만큼 학생인 저에게는 가장 많은 추억이 있는 곳이 학교가 아닐까 싶습니다. 얼마 남지 않은 학교생활을 앞으로는 더 부지런히 해야겠다고 생각합니다.

저는 선생님들께는 걱정 안 해도 잘 해내는 학생 정도로 기억에 남고 싶고, 학교 친구들한테는 저와 친하진 않아도 저를 자랑할 수 있게 좋은 모습으로만 남겨지고 싶습니다.

가족은 하나다

저에게는 저를 가장 존중해주고 이해해주는 가족들이 있습니다. 저는 엄마, 아빠 두 살 많은 언니, 나 그리고 고양이 홀리와 함께 살고 있습니다. 초등학교 저학년을 언니와 함께 할머니 집에서 살았는데 아빠 회사로 인해서 현재 6년 동안 가족 다 같이 사는 중입니다.

저한테 가족은 나를 나로 바라봐주고 곁에서 좋은 길로 가게 해주는 나에게 가장 소중한 사람이라고 생각합니다.

가족들은 저를 어떻게 생각하는지 알고 싶었습니다. 제일 먼저 엄마에게 질문을 해봤습니다.

"엄마, 엄마한테 나는 어떤 존재인 거 같아?"
"음, 우리 막둥이는 엄마한테 힐링이 되어주는 존재?"

저는 정말 생각지도 못한 말을 들어서 당황했었습니다. 마냥 장난스럽게만 대답해 주실 줄 알았는데 이 말을 들으니까 조금 감동적이었습니다.

항상 집안일을 해야 한다고 하면 하기 싫어하고, 항상 철없이 행동해왔던 것 같아서 괜스레 죄송해지고 반성해야겠다는 마음이 들었습니다. 이제 커가면서 부모님의 생각을 조금씩 듣는 날이 있는데 그럴 때마다 내가 그때 왜 그랬나 하는 생각이 들기도 합니다. 같이 재밌게 웃고 떠들던 추억들도 얘기하다 보니까 부모님의 마음을 조금이나마 더 이해하게 되는 것 같습니다.

처음에 엄마한테 힐링이라는 말을 들었을 때는 내가 엄마한테 진짜 힐링이 되어주는 딸이 맞을까 하는 생각이 들어서 마음이 좀 무거워졌습니다.

저는 엄마와 여행을 자주 가는데 어렸을 때는 이것저것 많이 체험하면서 여행을 다녔지만, 요즘에는 엄마와 둘이 힐링을 목적으로 하는 여행을 자주 갑니다. 바다도 보고, 맛집도 가고, 유명한 드라마에 나온 곳에도 가보고, 풍경 좋은 곳에 가서 사진도 찍으면서 엄마와의 추억을 쌓는 여행을 합니다. 그래서인지 몰라도 저한테도 엄마는 편안하게 힐링할 수 있는 여행지 같은 존재라고 생각합니다.

저는 엄마가 책임감이 정말 강한 것 같다고 생각합니다. 엄마는 모든 일을 그냥 넘어가지 않는 성격입니다. 일이 크면 클수록 포기하지 않고 더 책임감 있게 대처해 나가는 것 같습니다. 엄마는 저한테 가장 따뜻하게 웃어주고 챙겨주고 잘 자라며 안아줍니다. 그렇게 저와 언니를 돌보면서 동시에 일도 하시는데 단 한 번도 저희에게는 힘들고 지친다고 얘기한 적이 없습니다.

사람은 누구나 힘들고 지치지만, 곁에 있는 가장 소중한 사람들을 안전한 길로 가게 만들어줄 수 있는 능력이 있는 사람이 진짜 강한 사람이라고 생각합니다. 그래서 저는 항상 부족하지만, 지금처럼 엄마한테 힐링이 되어주는 딸이 되고 싶습니다.

다음으로 두 살 많은 언니한테 물었습니다.

"언니한테 나는 어때?"

언니는 조금 고민하다가 대답했습니다.

"철없고, 옷 좋아하고, 시키면 싫어하기는 하는데 또 구시렁 거리면서 해주고."

언니와 저는 서로 반대되는 성격과 생각, 취향 탓에 서로를 이해하지 못하고 싸우는 일이 자주 있습니다.
가장 큰 차이점을 예로 들면, 언니는 강한 책임감이 있고, 오지랖이 넓고, 오그라드는 표현도 자주 하고, 생각보다 마음이 약해서 상처를 잘 받습니다. 반대로 저는 말수가 적고, 혼자 하는 걸 좋아하지만, 말할 때는 직설적인 면이 있어서 생각지도 못한 상처를 줄 때가 있습니다.
언니와 이런 반대되는 성향을 보였다고 하더라도 가족 중에서 가장 이야기를 많이 나누면서 웃고, 그만큼 들어주는 사람은 언니라고 생각합니다. 부모님이 맞벌이하시면서 언니와 있는 시간이 계속 생기다 보니 이런저런 일들이 일어나고 반대로 소소한 얘기까지 나누면서 웃고 울던 시간이 많이 있습니다.

언니와 싸웠다 해도 언니한테 서운하다 해도 결국에는 다시 다 제자리로 돌아오는 과정을 반복하다 보니까 지금은 언니는 나와 다르다는 걸 인정하고 이해하면서 받아드리기 위해 노력합니다.

아무것도 몰랐을 땐, 동생이라서 수저 마지막에 놓는 것도 싫었고, 항상 언니보다 뒤처지는 것도, 못 하는 것도, 추석에 항상 언니한테 용돈 더 주는 것도 너무 속상했습니다. 하지만 지금 생각해보면 그런 것들은 어쩌면 당연하고, 내가 조금 배려하면 되는 사소한 일들이라는 걸 알게 되었습니다. 언니가 나한테 해준 고마운 일들을 생각하면서 나도 이제는 욕심부리지 않고 언니만큼은 하지 못해도 이제는 어린 동생이 아니라 부족하지만 철든 동생이 되려고 노력해야겠다는 생각이 들었습니다.

마지막으로 아빠한테도 물어봤습니다.

"아빠, 아빠는 내가 어떤 거 같아?"

"윤하 평소 모습? 방에서 뭐 하는지 모르지만 잘 안 나옴. 나오면 잘 놀아줌. 방 청소를 안 하고, 정리도 안 함. 그리고 이유는 모르지만, 아침엔 기분이 안 좋을 때가 많음. 저녁엔 항상 즐거움."

실제로 이 말을 듣고 생각해보니까 평상시 제 모습인 것 같습니다. 저는 아빠가 퇴근하면 바로 쓰레기를 버리러 갔다가 다음날 출근해야 해서 바로 자는 루틴이라 저에 대해 이렇게 세세하게 알고 있을 줄 몰랐습니다.

어렸을 때나 지금이나 아빠는 인내심이 하나는 입이 벌어지도록 강한 사람이라고 생각합니다. 그래서 항상 그 부분을 본받고 싶었고, 지금도 닮고 싶은 것 중 하나입니다. 또 항상 자는 것 같지만, 아빠가 있으면 세세한 집안일과 가장 힘든 집안일이 항상 다 깔끔하게 마무리되어 있어서 정말 대단하다고 생각합니다.

엄마와 아빠의 성격이 정반대고 아까 말했다시피 언니와 저도 성격이 정반대입니다. 언니는 엄마를 더 많이 닮았고, 저는 아빠를 더 많이 닮은 것 같습니다.

지금까지 살면서 단 한 번도 아빠가 저희한테 속마음을 얘기한 적이 없었다는 것을 알게 됐습니다. 항상 늘 똑같이 좋은 말만 해주고 장난스레 건네주는 말들만 해주었습니다. 그래서 아빠가 오늘은 어떤 기분인지 알 수가 없습니다. 항상 똑같이 퇴근하고 오면 반겨주는 아빠의 모습을 떠올려 보니 아빠는 정말 한결같이 우리를 생각해 주고 아껴준다는 생각이 들었습니다. 어렸을 때는 무뚝뚝한 아빠가 이렇게까지 나를 생각해 주고 있다는 걸 느끼지 못했습니다.

<가족은 하나다>

아빠가 가훈처럼 자주 쓰는 이 말에도 분명 숨겨져 있는 많은 뜻이 있을 겁니다. 어쩌면 엄마, 아빠, 언니 그리고 제가 각자 해석한 뜻은 다를 수도 있겠지요.
저는 가족은 둘로 나눠질 수 없고 항상 각자의 생각이 떠나는 여행의 길은 달라도 마음이 도착하는 도착지는 같은 곳이라는 의미가 있는 것 같습니다.
이렇게 아빠, 엄마, 언니가 나를 어떻게 생각하는지 그 마음을 알고 나니까 가족에게 더 잘해주고 싶습니다. 항상 하는 말이지만, 진심으로 앞으로는 더 나은 모습만 보여주려고 노력하는 딸, 동생이 되어야겠습니다.

마지막으로 우리 집에서 가장 많은 사랑과 귀여움을 받는 반려동물 홀리가 있습니다. 홀리는 어릴 때부터 우리 집에 사는 고양이입니다. 홀리는 우리 집 막내지만 저보다 서열이 높은 것 같습니다. 어릴 때부터 손으로 놀아주는 버릇을 해서 그런지 손을 많이 물었습니다. 그리고 고양이들은 야행성이라 밤마다 뛰어다니고 흥분하고 제가 자려고 하면 와서 놀아달라고 합니다. 그렇지만 <쓰읍!> 이 한마디면 금방 차분해지더라고요.

홀리는 저를 간식이나 주는 만만한 집사로 보는 것 같습니다. 냉장고를 너무 빤히 보길래 간식을 주려고 했는데 제가 장난기가 발동해서 간식을 들고 집 안을 이리저리 뛰어다녔습니다. 그런데 가만히 어이없다는 표정으로 앉아 있더군요. 분명 저보다는 한 수 위입니다.

한번은 저희 아빠가 홀리를 잃어버릴뻔한 일이 있었습니다.

"오늘 오후에 홀리 잃어버릴뻔했잖아."
"헐, 왜?"

"아니 퇴근하고 집 들어오는데 홀리가 현관문 밖으로 나간 거야."

"근데 홀리 가끔 나가잖아, 그리고 항상 계단이 무서워서 다시 알아서 들어오던데."

"그래서 가봤는데 홀리가 사라진 거야. 계단을 타고 올라갔는지 내려갔는지 몰라서 지하까지 내려갔다가 다시 옥상까지 올라가 봤는데 없는 거야. 전단을 만들어서 붙여야 하나 걱정하면서 왔는데 홀리가 신발장에 앉아서 집사 왔어 하는 눈빛으로 앉아 있더라고."

처음으로 고양이를 키우다 보니까 어설프지만 늘 막내였던 제가 책임감도 느끼게 되고, 여러 가지 새로운 경험도 하게 됩니다. 또 홀리는 저에게 힐링이 되는 존재인 것 같습니다. 요즘 홀리를 많이 신경 못 써줘서 미안했는데 앞으로는 좋은 집사가 돼서 같이 추억을 쌓았으면 좋겠습니다.

울보가 이렇게 컸다니!

마지막으로 저를 가장 잘 알면서도 모르는 사람 바로 자신에게 질문을 해봤습니다. 친구, 학교, 가족들에게 각각 비춰지는 저의 모습들은 조금씩 달랐습니다. 자신만이 가장 솔직하고 꾸밈없는 모습과 생각을 알고 있으니 제가 저를 가장 잘 아는 사람이라고 생각합니다. 하지만 아직 자신을 잘 가꾸지 못한 채 내뱉는 말들이나 행동들을 보면 제가 저를 가장 모르는 사람일 수도 있다는 생각이 듭니다.

저는 어렸을 때의 저와 가치관이 많이 바뀐 지금의 저를 비교해 보면서 내가 느끼고 있는 나 자신은 어떤 사람인지 생각해보려고 합니다.

먼저 제가 어렸을 때 자주 하던 생각 궁금증들을 떠올려 봤습니다. 저는 항상 어렸을 때 저 혼자 질문하면서 제가 그 당시에 생각할 수 있는 답들을 만들었습니다. 그러다 보니 가끔 이해가 안 되는 부분도 생기기 마련이었습니다.

<왜 사람들은 열심히 일해서 돈을 더 많이 벌려고 하는 거지? 그냥 서로서로 판매하는 물건가격도 낮추고, 필요한 만큼만 사서 쓰면 안 되는 건가.>, <우리 엄마는 키가 엄청 큰데 나는 왜 이렇게 키가 안 클까?>, <나는 커서 어떤 사람이 되어 있을까?>

이처럼 어렸을 때는 어른들의 세계를 아예 몰라서 궁금한 것이 아주 많았습니다. 정말 사소한 문제들로 고민이 많았던 것 같습니다.

뭐든지 할 수 있을 거 같았고, 하고 싶은 것도 궁금한 것도 엄청 많았습니다. 하지만, 호기심을 채우기 위한 것들이지 성과를 얻는 데에 집중하지는 않았던 것 같습니다. 정말 많이 기대했던 일에 결과가 안 좋았을 땐 속상해하기도 했지만, 대부분 결과에는 크게 신경 쓰지 않았습니다.

또 엄마, 아빠와 친척분들 말씀으로는 어렸을 때 항상 하루도 빠짐없이 울었다고 했습니다. 저도 울었던 기억이 정말 많습니다. 툭 하면 울고, 조금만 놀리면 울고, 조금만 서운하면 울고, 걷다가 삐끗해서 넘어지면 울고, 몸에 알레르기같이 발진이 생기면 항상 무서워서 울었습니다.

그때는 너무 아파도 병원이 무서워서 가는 것을 싫어했었는데, 몸에 뭐가 조금만 나면 그게 더 무서워서 새벽에도 병원에 가자고 난리를 피웠습니다. 한번은 새벽에 아빠를 깨운적도 있습니다.

"아빠, 아빠 일어나봐. 빨리빨리."

"왜?"

"나 팔에 뭐가 났어. 지금 엄청 가려워. 빨리 일어나서 봐봐. 병원 가야 할 거 같아."

"자고 일어나면 없어질 거야."

" 안 없어지면 어떡해. 지금 병원에 가면 안 돼?"

"자고 일어났을 때도 안 없어지면 그때 바로 가자. 얼른 다시자. 그래야 낫지. 빨리 자."

새벽이라 시끄럽게 할 수도 없고 해서 조용히 호들갑을 떨었는데, 팔이 가려운 이유가 제가 자는 동안 고양이가 제 팔을 핥고 비비고 가서였습니다. 점점 올록볼록한 게 커지고 가려워져서 아빠를 깨운 거였는데, 아빠는 별일 아닌 걸 바로 알아채고 조용히 저를 다시 재웠습니다.

이렇게 저는 궁금한 게 많고, 정말 순수하고, 아무것도 모르는 울보였습니다.

이제 마지막으로 지금의 저는 어떤 사람인지 얘기해 보려고 합니다. 저는 기분이 좋은 상태일 때도 딱히 미소를 짓고 있는 편이 아니라 무표정일 때가 많습니다. 그리고 평소에도 혼자 있는 걸 좋아해서 막 떠들거나 놀자고 친구들을 부른 적은 없습니다. 그래서 편안하게 말을 하면 감정이 없고 무뚝뚝해서 기분이 나쁠 수도 있습니다. 그렇다고 해서 말 하고 싶은 대로 말하면 주변 사람들이 속으로 기분이 나쁘거나 속상할 수 있어서 항상 좋게 말하려고 노력하는 편입니다.

저는 혼자 있을 때는 방에서 신나는 노래, 새벽 감성 노래, 멍 때리기 좋은 노래들을 모아서 듣습니다. 어쩌면 평소에 제 모습이 화난 것으로 보일 수도 있지만, 알고 보면 속으로 노래를 떠올리면서 기분이 좋은 상태입니다.

저는 친구들이랑 얘기하는 것도 좋아하지만, 중간에 가만히 듣는 걸 더 좋아하는 편입니다. 그리고 감정이 담긴 말은 잘 못 합니다. 예를 들어 사과할 때도 마주 보면서 진심이 담긴 <미안해>를 잘 못 합니다. 하는 것도 못 하고, 받는 것도 잘 못 합니다. 저는 그저 서로 시간이 지나면서 감정이 차분해지고, 다시 누구든 먼저 말을 걸면 사과하지 않아도 아무런 상관이 없기 때문입니다. 사과는 잘 못 하지만, 속으로는 미안한 마음이 당연히 있다고 생각하기 때문입니다.

그리고 저는 간섭받는 걸 좋아하지 않습니다. 좀 더 구체적으로 말하자면 저한테 너무 많은 걸 물어보거나 알려고 하는 것을 싫어합니다. 저는 너무 많은 관심도 부담스럽지만, 그만큼 다른 사람 일에 관심도 딱히 없는 편이기 때문입니다. 이렇게 혼자 있는 걸 좋아하고 다른 사람들은 쉽게 서운하게 할 수 있는 성격 탓에 갈등이 일어난 적도 종종 있습니다.

저는 제 성향이 이렇다고 주변 사람들에게 이해시키기보다는 숨기는 편입니다. 아직 제 성향을 좋게 바꾸기에는 너무 나도 부족하지만, <미안해> 같은 말을 잘 못 하는 것과 나도 모르게 감정 없이 나오는 말투들을 고치려고 노력 중입니다. 가끔 공감을 중요하게 생각해서 노력하려다가 나는 전혀 그렇지 않은데 리액션하기도 합니다.

<오, 그러네.>, <그런 것 같아.>, <나도 좋아.>, <좋네.>

<선 공감, 후 생각>을 하다 보니까 저도 제가 어떤 걸 진짜로 좋아하는지 가끔 헷갈립니다.

저는 <고마워>, <좋아>라는 말을 좋아합니다. 반대로 싫어하는 말은 아무리 사소한 농담이라도 <쟤는 저거 못 해>, <야, 너 그거 못하잖아.>같이 제 입장을 마음대로 판단해서 다른 사람에게 말하거나 저에게 부정적인 말들이 섞인 농담하는 것을 싫어합니다.

저는 제 성격이 노력한다고 완전히 바뀌진 않을 것 같습니다. 하지만 앞으로 더 많은 사람을 만나게 되면서 지금보다 더 성숙해지고, 제 성향들을 좋게 보일 수 있도록 애쓸 거로 생각합니다. 저는 제 성격이 좀 이상하고 이기적이라는 생각도 합니다. 하지만 혼자가 좋은 것과 자신의 감정을 솔직하게 드러내는 걸 좋아하지 않는 것, 간섭받는 걸 싫어하는 것이 꼭 나쁜 것은 아니니까 제 성격이 절대 나쁜 성격이라고는 생각하지는 않습니다.

지금 중학교 3학년인 저는 한창 사춘기일 시기라서 주변 사람들의 말이 신경 쓰이고, 고민도 많습니다. 복잡한 마음에 욱할 때도 있지만, 이 모든 걸 옆에서 참아주고 더 힘들게 견뎌주는 사람은 가족이라는 걸 말씀드리고 싶습니다.

지금까지 자기 자신에게 물음표를 던져서 저 자신을 뒤돌아보고 생각해봤습니다. 어릴 때 생겨난 수많은 물음표가 커가면서 하나둘 사라진다는 것도 알게 됐습니다. 가끔 나는 진짜 어떤 사람인지 객관적으로 바라볼 필요도 있고, 나 스스로에게는 솔직해질 필요가 있다는 것도 느꼈습니다.

제가 좋아하는 것들을 열심히 찾고, 친구들과 가족들도 잘 챙기고, 좀 더 자신을 잘 가꿔서 미래의 멋진 제 모습을 만들어 가야겠습니다.

the writer's WORDS

안녕하세요. 석윤하입니다. 처음으로 글을 써보게 되었습니다. 그래서인지 이 글을 쓰면서 처음에 어떻게 시작해야 하고 내용은 어떻게 이어가야 할지 막막했습니다. 그래서 여러 책도 읽어보고 더 오랫동안 고민하면서 쓴 것 같습니다.

나라는 주제로 글을 쓰면서 친구들과 가족들의 생각을 들어볼 기회가 생겨서 너무 좋았고, 옆에서 열심히 도와주신 선생님께 진심으로 감사하다는 말을 전하고 싶습니다. 여러 가지의 제 모습들을 들으니까 신기하기도 했고, 여러 가지의 복잡한 감정이 들었습니다.

사춘기 시절을 겪고 있는 모든 10대에게 하고 싶은 이야기가 있습니다. 아무도 내가 노력하고 있는 걸 몰라주는 것 같다는 마음이 들 수 있습니다. 물론 아무 고민, 걱정 없이 행복하게 살아가고 있는 사람들도 있습니다. 하지만 이 모든 과정을 겪으면서 더 나은 사람으로 성장한다는 말을 전하고 싶습니다. 모두가 알고 있겠지만, 노력은 배신하지 않는다는 말은 괜히 있는 것이 아닙니다.

이 책을 읽고 더 다양한 시선으로 자신을 바라보면서 마지막까지 포기하지 않으셨으면 좋겠습니다.

ISTP

매우 충실하고 꾸준한 성격처럼 보일 때가 많지만,

갑자기 넘치는 에너지를 발산하고,

새로운 관심사를 찾아 나서기도 합니다.

★ 이성과 호기심을 통해 세상을 바라보며 눈과 손으로 직접 탐구하는 일을 즐깁니다.

★ 친절하지만 매우 내향적이고, 차분하지만 즉흥적이며, 호기심이 넘치지만 일반적인 교육 시스템에서는 집중력을 유지하지 못하는 수수께끼같은 성격입니다.

★ 결정을 내릴 때 실용성과 현실성을 고려하며 남에게 대접받고자 하는 대로 남을 대접하는 것이 공정하다고 생각합니다.

★ 남에게 피해를 주지 않기 위해 조심하기보다는 다른사람이 피해를 주면 자신도 앙갚음을 하겠다는 태도가 보입니다.

★ 남들도 자신과 같이 관대한 성격을 지니고 있다고 생각해 주의를 산만하게 하거나 계획을 갑자기 변경하기도 합니다.

고쌤과 함께하는
신나는 책 만들기

아래 해당하는 청소년들은
고집북스로 연락해주세요!

-나도 글은 좀 쓰는데 라고 생각하는 사람

-10대에 출간작가가 되고 싶은 사람

-그림책을 만들어보고 싶은 사람

-책 만드는 과정을 배우고 싶은 사람

-글을 잘 써보고 싶은 사람

-독립출판에 대해 자세히 알고 싶은 사람

"Zoom 수업으로 5개월 만에
나만의 책 출간하기"

첫째 달: 목차 정하고, 글쓰기

둘째 달: 계속 쓰기

셋째 달: 인디자인 배우기(편집)

넷째 달: 교정, 교열 배우기

다섯째 달: 독립출판으로 출간하기

상담문의:
이메일 savvy75@hanmail.net
인스타그램 @gozipbooks